세계민족시집

일러두기

• 이 시집의 텍스트는 『Elpafu la sagon』(세계에스페란토협회, 1983년, 로테르담)으로 세계
  에스페란토협회가 펴낸 동서문고의 18번째 작품이다.

• 본문에서 시 제목 밑에 나오는 외래어는 주로 부족이나 민족명을 뜻하며, ( )안의
  말은 나라나 지역명을 말한다.

• 외래어 표기는 국립국어원이 정한 규칙을 최대한 따랐으나, 일부는 역자의 의견
  이나 관행을 따랐다.

• 이 책의 주석은 대부분 엮은이가 달았다. 작품의 이해를 돕기 위해 필요에 따라
  역자가 쓴 주석에는 (역자) 표기를 했다.

■ 실천세계시선 1

세계 민족시집

티보르 세켈리 엮음

장정렬 옮김

실천문학사

차례

1부 回

2부 ◻◻

3부 ▢▢▢

4부 ▣▣▣▣

5부 ▣▣▣▣▣

6부 ▣▣▣▣▣▣

1부 回

이 세상을 만드신 분

요루바(나이지리아)

그분은 침착도 하구나. 그분은 화내지도 않구나.

조용히 앉아 평가하네.

그분은 쳐다보지 않고서도 너를 볼 수 있네.

그분은 저 멀리 계셔도, 두 눈은

이 도시 위에 있다네.

그분은 자신의 아이들 가까이에 나타나셔도

아이들을 괴롭히지 않네.

그분은 아이들을 웃게 하고, 아이들은 웃는다네.

하하하-그분은 웃음의 아버지로구나.

그분의 두 눈은 유쾌함으로 가득 차 있네.

그분은 꿀벌들의 무리 같은 하늘에 계시네.

그분은 피를 아이들로 바꾸는 오바탈라 님일세.

활을 쏘아라

티보르 세켈리(크로아티아)

용감한 전사여, 활을 쏘아라.
하지만 화살이 아무도 다치지 않게,
아무도 상처입지 않도록 해주오.

용감한 사냥꾼이여, 활을 쏘아라.
하지만 화살이 짐승을 다치지 않게,
나무에 구멍도 내지 말고, 잎도 찢지 말고.

저 먼 별을 향해 활을 쏘아라.
저 별이 맞아 천 개의 불꽃으로 깨져
오늘 밤 방황하는 모든 이에게 길을 비추어주게.
오늘 밤 또한 우울한 사람들에게
아름다움의 순간을 보게 해주오.

토지의 주인이 되게 함

군비구(호주)

내 아이들아, 이 땅에서 살자꾸나!
피리조개들이 있어라!
접시조개들이 있어라!
너희는 진주가 든 조개가 되어라!
오리들이 생겨라,
그리고 이 땅에서 살자꾸나!
나는 이제 가련다. 내가 가는 편이 더 나아.
내가 흰 비둘기들만 데려가면 되겠지.

개벽

딘카(수단)

그분-덴디드-이 모든 걸 만든 날에
　해를 만들었네;
그러자 해가 나오고, 해가 지고 다시 돌아가네.
　또 달을 만들었네;
그러자 달이 나오고, 달이 지고 다시 돌아가네.
　또 별들을 만들었네;
그러자 별들이 나타나고, 별들이 없어지고 다시 돌아
가네.
　그때서야 사람을 만들었네;
그러자 사람이 태어나, 저 땅 속으로 가 버리고는 결
코 돌아오지 않네.

탕갈로아

마오리(뉴질랜드)

탕갈로아라는 이름의 그분만 살고 있었네.

이 무한의 우주에 그분만 살고 있었네.

하늘도 땅도 없었고,

바다도 어떤 생물도 없었네.

모든 것 위엔 오로지 탕갈로아 그분뿐. 그분이 우주였네.

탕갈로아는 근원이요,

바위요, 모래알이네.

탕갈로아는 빛이요

근원이네.

영원하고, 현명하시니.

그분이 하바이키*를 만들었네.

저 위대하고 신성한 하바이키를 만들었네.

---

* 마오리 사람들은 뉴질랜드를 '하바이키'라고 부름.

어린 앵무새들

부카(파푸아뉴기니)

애들아, 어린 앵무새들아
내가 있는 곳으로 내려와 봐, 너희들 보고 싶어.
내 두 눈의 빛이여, 내 두 눈의 빛이여!
내 두 눈의 빛인 너희들은
라무호* 위에 있네!
너희는 옛 사람들의 정령이 살았던,
조개들 안의 보물 옆에 있구나.
애들아, 어린 앵무새들아,
조개들 안의 보물 잘 지켜다오,
어떤 보물 하나라도 잃어버리지 않게!
애들아, 어린 앵무새들아,
너희는 귀한 누나가 실로 묶어둔
조개들 안의 보물 옆에 있구나.

_____
* 네 기둥 위에 지은 집.

갓난아이를 환영하다

쇼쇼네(미국)

오, 하늘에서 움직이는 해님, 달님, 모든 별님이여,
  이렇게 비옵니다. 이 내 말씀 들어보오.
  님들이 계신 곳으로 새 생명이 왔어요.
이 생명을 님들의 세상에서 반겨주세요. 이렇게 청하
옵니다!
이 생명이 산꼭대기에 도달하는 길을 편하게 해주소서.
오, 공중에서 움직이는 바람님, 구름님, 비님과 안개님
이여,
  이렇게 비옵니다. 이 내 말씀 들어보오.
  님들 사이로 새 생명이 왔어요.
이 생명을 님들의 세상에서 반겨주세요. 이렇게 청하
옵니다!
이 생명이 둘째 산꼭대기에 도달하는 길을 편하게 해
주소서.
오, 이 땅 위에서 움직이는 산, 강, 호수, 나무와 식물들

이여,

이렇게 비옵니다. 이 내 말씀 들어보오.

님들 사이로 새 생명이 왔어요.

이 생명을 님들의 세상에서 반겨주세요. 이렇게 청하옵니다!

이 생명이 셋째 산꼭대기에 도달하는 길을 편하게 해주소서.

오, 그대들이여, 공중에서 나는 크고 작은 새들이여,

오, 그대들이여, 숲에 사는 크고 작은 짐승들이여,

오, 그대들이여, 풀 속에서 기어 다니고, 땅 속에서 사는 크고 작은 곤충들이여,

이렇게 비옵니다. 이 내 말씀 들어보오.

님들이 계신 곳으로 새 생명이 왔어요.

이 생명을 님들의 세상에서 반겨주세요. 이렇게 청하

옵니다!

　이 생명이 넷째 산꼭대기에 도달하는 길을 편하게 해
주소서.

　오, 그대, 하늘의 모든 존재, 공중의 모든 존재, 이 땅의
모든 존재에게

　　　이렇게 비옵니다. 이 내 말씀 들어보오!

　　　님들이 계신 곳으로 새 생명이 왔어요.

　이 생명을 님들의 세상으로 반겨주세요. 이렇게 청하
옵니다!

　이 생명이 매끈한 길을 갈 수 있게 해주오…이 생명이
넷째 산꼭대기보다

　더 큰 곳도 가야 하기 때문이에요.

그대들이 이 생명에 이름을 지어주오

에스키모(그린란드)

낮도 밤도 아닌
오늘 첫새벽에,
기적이 일어났어요.
오, 바람아, 별아, 눈밭아, 순록들아, 새들아,
그대들이 이 기적의 증인입니다.
여기, 내가 사는 이글루에서 사람이 태어났어요,
새 생명에게 오, 그대들이 이름을 지어주오.
이 생명이 평생 당당하게 갖고 다닐 이름말이에요.

갓난아이를 위한 노래

카카두(호주)

오페이코의 아들 쿠토루, 쿠토루!
너는 지금 연약한 모습이구나.
그래도 너는 언젠가
자라면 덩치가 클 테니,
너는 자라면 힘센 사냥꾼이 될걸.
너는 재빠르고 날렵하고,
너는 토템 중에 가장 영광스런 토템인 만고르지처럼
눈도 날카로울 것이고,
우리 씨족에 걸맞은
네 아기 고추는 너의 아이를 낳게 될 터,
조심, 조심 지켜다오.
메추라기인 미르비진가가 그걸 물어가지 않게.

윗니와 어머니 사랑

바벰바(탄자니아)

아이야, 불쌍한 것아!
마을 사람들 모두 윗니 난 네 모습을 보았구나.
그들은 네게 윗니가
먼저 생긴 것을 보았네.
사람들은 너를 죽여 없애야 한다고 명령하는구나.
사람들이 내게 아무 말 아니해도,
나는 내 임무를 알아:
내가 너를 없애야 한다는 것을.
윗니가 먼저 나온 애가 마을에 태어나면,
우리 마을에 불행이 닥친다는 걸 우린 알아.
병마, 죽음, 태풍, 기근도
전쟁도 배고픔도 닥쳐오고,
밤에는 들짐승들도 들이 닥친다는 것을.
난 알아, 밤에 내가 너를 저 밀림으로 데려가
들짐승이 너를 물어가게 하거나,

아니면 저 강물에 던져

저 파도에 네가 사라지도록 해야 한다는 것을.

아들아, 내 행복!

윗니 생긴 사람은-나와 우리 마을의 불행이라니!

아들아, 난 그 맹세를 어길 테야:

난 널 죽게 내버려두진 않을 거야!

난 너를 저 먼 마을의

방랑자에게 주어야지.

나는 그이에게 널 데리고 가,

너를 돌보도록, 네 목숨을 살려달라고 청할 테야!

아들아-내 행복!

윗니 생겨 불행한 아이야-

겨우 윗니 두 개 생긴 걸로!

성년이 되는 소년을 위한 토란

마누스(파푸아뉴기니)

나는 팔레우이의 토란을 캤어.-그는 이미 성년이네.

나는 사나나의 토란을 캤어.-그는 이미 성년이네!

두 분 할아버지도 이미 성년이네!

포마요의 자손을 위해

첼렌투노의 자손을 위해.

그녀가 우리 집 토란을 먹는구나. 그녀의 두 손에 불
이 있어라!

그녀를 사랑으로

받아주실

귀한 가문의 가정에서

시어머니의 화로를 돌보게 하라.

그녀가 장례식,

      결혼식,

       생일잔치 같은

축일을 잘 치를 수 있도록

화로 속으로 바람을 불어넣네:

그녀는 서둘러 불을 지펴

자신의 두 눈이 붉은 불속에 제대로 볼 수 있게.

성년이 되는 조카를 위한 토란

마누스(파푸아뉴기니)

난 네 아비의 형이고, 네 아버지는 내 동생이지.

네 아비가 너를 낳아 이제 성년이 되는구나.

조카인 너에게 이 토란을 주니,

이 토란을 먹고 힘을 내어보게.

조카는 싸움에서도

두려워하지 않을 거야.

상대가 스물이 되어도.

상대가 서른 명이 되어도.

조카라면 그 상대들을 물리칠 수 있어.

또 조카가 늠름하게

그 상대들 앞에 똑바로 서면,

그들은 조카를 존중하고,

조카 앞에 자기네 창을 내려놓고,

자기네 돌도끼들을 땅에 내려놓고

도망쳐 버릴걸.

조카가 나의 토란을 먹네.

나는 토란을 주고,

조카는 그걸 먹네.

우리 조카가 잘 살아,

우리 조카가 두 눈이 멀 때까지,

내 눈이 그렇게 눈멀었듯이

그때까지 장수했으면 하네.

우리 조카 잘 살아서, 성숙하게 늙기를 바라네.

성년이 되는 손자를 위한 토란

마누스(파푸아뉴기니)

오, 조상님들,

오, 포바세우, 살레이야오, 포티크, 촐라이 조상님들!

이리 오세요, 조상님들!

저, 폴루는, 조상님들이 물려주신 토란을 통해

제 아들 느가멜리네의 아들에게 축복을 내립니다.

이 손자가 우리 부족에서

제일 부자가 될 거예요.

조상님들의 손자 마누바이는 부자가 될 것이고,

손자는 자신 있게 네 기둥 위의 집으로 들어갈 거예요.

손자는 가운데 들보에서

네 기둥 위의 집으로 성큼성큼 들어갈 거예요.

손자는 삐걱거리는 널빤지 위에서도 자유로이 다닐

것이고

손자는 대문 앞에 멈춰 서서는

네 기둥 위의 집 안으로 초대받았다고 알릴 거예요.

이 손자는 여인들에게 자신이 왔다고 알릴 것이고,

여인들이 손자를 반가이 맞이하러 일어나면,

그때 손자는 그 집의 계단으로 올라갈 거예요.

이 손자는 제가 준비한 토란을 먹습니다.

이 손자는 나쁜 짓을 하지 않을 거예요.

이 손자가 제 키만큼 자랐으면 합니다.

이 토란이 손자에게 제 투쟁심을 전해줄 것이고,

그러니 저는 오늘부터 싸움터엔 가지 않을 겁니다.

제 조카도 이 토란을,

이 토란을 먹을 수 있도록 하겠어요.

꿈꾸는 새

푸유게(파푸아뉴기니)

오, 아가씨

당신 마음은 정말 아름다운 새.

오, 어머나, 얼마나 당신 마음은

나뭇가지에 매달린 잎처럼 떨리는가!

미미, 당신을 위해

내 사랑의 불을 지폈어.

연모하는 이 연기가

어떻게 곧장 하늘로 오르는지 봐주오.

오, 아가씨, 당신 마음은

떨면서도 꿈꾸는 새.

34

사랑에 빠진 이의 노래

아파르(소말리아)

그대의 흰옷이 살랑거리는 것이
마치 어린 나뭇가지가 노래하는 것 같네요.
부드러운 저녁 바람이 까만 산맥 위에
서 있는 그대의 흰옷을 펄럭이게 하네요.
내 마음은 그대의 목걸이가 내는
소리도 들리네.
그 목걸이 소리는 그대만 따를 뿐,
돌아오지 않네.
멀리 떨어져 있는 내가 얼마나 고통스러운지 아세요?
연인이라면 자신이 사랑하는 이에게서 떨어져 살 수
없지요.
우린 서둘러 카디오*로 가서 함께 살아요!
어머니의 자궁 속 쌍둥이처럼
한 씨족의 절반인 둘처럼
같은 산의 두 비탈처럼.

아무도 우리 두 사람 갈라놓지 못하게요!

---

* 이슬람교를 믿는 나라에서는 재판정이자 결혼식장을 뜻함.

열정

이사(소말리아)

그대의 눈부신 아름다움은
비온 뒤 첫 햇살이 내비칠 때의
가장 보드라운 풀밭 같네.

   * * *

지독하고 고통스런
꿈에 자주 쫓기는 사람은
언제 잠잘 틈이 있나요? 오, 사랑하는 이여,
사람들은 하늘에 떠가는 구름만 멍하니 바라보네.

바로 그 아가씨

쿠북(인도네시아)

청천 하늘에 별이 많아도
북쪽 별은 보이지 않네.
잔칫날에 아가씨들 많아도
내 마음을 끄는 이 하나 없네.

* * *

산에 오르기도 어렵거니와
저 깊은 바다 속의 돌 찾기도 어렵네.
이 작은 잔치에서 내 마음이 그리던
바로 그 아가씨를 찾긴 더 어렵네.

맨 마지막에 반전하는 네 줄의 놀라움

바탁(인도네시아)

늪 위로 달이 빛나고
까마귀는 벼를 갉아먹네.
만일 그대가 나를 믿지 못한다면,
내 이 가슴을 갈라, 이 마음을 보여주리!
　＊　＊　＊
만 사람이 팔찌를 찼는데,
나 혼자만 발찌로구나.
만 사람이, "이건 안 돼, 저건 안 돼!" 하는데도
내 마음이 시킨 대로 한 벌이구나.
　＊　＊　＊
보트 속 상자 안에
두세 자루의 칼이 놓여 있네.
우리가 바다 깊이 잴 수 있어도,
사람 속 깊이는 아무도 모르네.

사랑에 대한 생각

바탁(인도네시아)

암비둘기는 어디서 날아왔지?
나뭇가지에서 대지의 논으로.
사랑은 어디서 오지?
두 눈에서 심장으로 내려오지.

  * * *

보석 하나가 풀밭에 떨어졌는데,
풀밭의 그 보석 찬란하게 빛나네.
사랑은 풀 위의 이슬 같네:
해 뜨면 그 이슬 사라지네.

  * * *

가시 하나에 내 발이 찔렸네.
정원의 작은 가시 하나에.
머리카락 한 줌에 마음이 찔렸네.
꽃 장식한 작은 머리카락에.

그녀의 젊은 남자 친구들

투아레그(알제리)

내가 아베데오를 사랑했는데,

하늘 번개에 이 땅의 사물들이 멀어지듯,

그와는 멀어졌네.

내가 모하메트를 사랑했는데,

그 사랑 때문에 나는 현악기 구즐라의 줄처럼

빼빼 말라 버렸네.

와인펜은 이제 나를 싫다고 거부했고,

바젤루드의 아들이자 내 친구인 랄리오를

내가 만나야 해. 하지만 그이와도 내 관계는 이미 끝

장이야.

이 청년들이 다가왔을 때,

달리는 말 위에서 선택한 그 모두가

내겐 새처럼 보였어. 그래서 그리도 빨리 날아가 버렸어.

키디다는 영양의 허리를 가졌고,

부르나마는 아세그라보다 더 멋있어.

케난은 모든 남자 친구들보다 훨씬 유능해,

전사의 허리에 찬 방패보다 더 멋져.

한 번도 맨살에 닿은 적 없는 전통 외투보다 더 멋진걸.

그는 아이로 출신의 그 건달에게서 방금 빠져나왔네.

그는 어미 낙타 무리보다도,

갓 난 낙타보다도,

또 이홀라르에게 보내져,

알칼라카 계곡과 인트피나르 계곡에서 지금 풀 뜯는

방금 잡아 온 한 살배기 어린 낙타보다도 더 멋지네.

질문 세 가지

풀라토로(세네갈)

마흐디* 카마가 제 친구들에게 물었네:
"자기 아이를 죽이는 남자는 어떤 남자인가?
자기 아이를 파는 남자는 어떤 남자인가?
자기 아이를 선물로 주는 남자는 어떤 남자인가?"

그 질문에 제대로 답하는 친구는
아쉽게도 없네.

마흐디 카마가 직접 제 질문에 답을 하네:
"마흔 넘은 여인을 사랑하는 남자는
자기 아이를 죽이지.
노예인 여자를 사랑하는 남자는
자기 아이를 팔지.
남편 있는 아내를 사랑하는 남자는
자기 아이를 선물로 주지."

그렇게 마흐디 카마는 제의 친구들에게
말했다네.

---

* 종교지도자를 뜻함.

릴라

투아레그(알제리)

올해는 지금까지 경험하지 못한 여행을 하였네.

나는 그 여행 때문에 아팠어: 그녀가 독약이었어,

그녀가 내 마음을 온통 덮었어, 그녀는 가고 또 오기도 했지.

그녀, 릴라를 누가 이 땅에 태어나게 한 걸까?

누가 그녀와 비교할 수 있을까?

천사가 그녀를 만들었어. 그녀는 사람들의 마음을 꿰뚫었어.

천사는 그녀에게 부족함이라곤 없게 했어. 그녀에겐 부족함이 없었네.

난 그녀에게 하나라도 부족한 게 있는지 찾아도 보았지, 하늘에 맹세할 수 있어!

한 개라도 발견하고 싶은 하는 이가 있었다면, 나중에 할 말을 잃을걸.

나는 그녀와 관련된 누구에게라도 도전할 수 있어:

"그녀의 동의를 얻고 난 뒤, 하룻밤을 함께 보냈어."

나는 몹시 목이 말랐지만… 마시지 않았다네!

귀신이여, 그 무당 데려가다오

몽골(몽골)

그래요, 정말, 그 아가씨와
그렇게 또 이렇게 지냈어요.
그녀와 나는 재미있게 지냈고, 숨바꼭질도 하고
예뻐해주기도 하고 다정하게 지내기도 하고,
이리저리 찾아가기도 하고, 떠나보기도 했다네.
   … 오, 귀신이여, 그 무당 데려가다오.

그녀가 키우는 형형색색의 털을 가진 야크는
깊은 숲 속의
우거진 소나무 아래
바위들에서 길을 잃었네….
   … 오, 귀신이여, 저 야크 좀 데려가다오

"저리가, 저리"–나는 그 야크를 쫓아버렸어.
"이리로, 이리"–나는 그녀를 불렀지.

하지만 늙은 무당은
결국에 나만 쫓아내 버렸네.
　　　　　… 에이, 귀신아 그 무당 데려가다오.

천 마리 양에게 쓸
땔감 스무 단과 먹거리를 마련해 드렸지만
늙은 무당은
이렇게만 말하네:
"그 아인 건드리지 마라!"
　　　　　… 에이, 귀신아 그 무당 데려가다오.

이번에는 땔감 일백 단과
마른 장작도 함께 마련해 드렸건만,
늙은 무당은
그래도 자기 딸은 안 된다네.

… 에이, 귀신아 그 무당 데려가다오.

미녀를, 매력적인 여인을
만나는 행복한 사랑을
그 검은 할망구가 못하게 하네.
　… 오, 귀신아 그 무당 데려가다오!

2부 □□

사랑의 주문

브힐(인도)

나는 약풀 뜯으며 살아요

"날-좀-봐요"라는 이름의 풀도,

"그이를-울려주세요"라는 이름의 풀도 뜯어요.

이 풀은 저 멀리 떠난 님을 돌아오게 하고,

이 풀은 돌아온 이를 유쾌하게 해요.

이 풀로, 귀신이 인드라 신*을 이긴

이 풀로 신들의 세계에게 인드라 신을 빼내 올 수 있

었듯이,

당신이 꼼짝할 수 없게 이겨볼 거예요.

당신의 얼굴은 저 달을 향해,

저 태양을 향해,

모든 신들을 향해 있어요.

당신은 바로 우리가 부르는 님이지요.

나는 지금 여기서 말해요.

당신은 지금 말하지 말아요!

당신이 말하고 싶을 땐, 모임에서 말해요.

여기서 당신은 나만 바라볼 수 있으니,

당신의 기억 속 다른 아가씨는 지워요!

만일 당신이 멀리 있으면, 사람들이 사는 땅 너머,

저 강 너머 먼 곳에 있으면,

이 식물이 당신을 여기 있는 나에게로 데려다줄 거예요.

족쇄를 찬 노예처럼 당신은 오게 될 거예요.

---

* 인도 신화에 나오는 비와 천둥의 신. 하늘의 제왕으로 몸은 갈색이고, 팔은 네 개
이며 두 개의 창을 들고 코끼리를 타고 다닌다. 불교에서는 제석천이라고 하며 동방
의 수호신이다.(역주)

유쾌하지 않은 통지

리푸(프랑스령 폴리네시아)

리푸의 청년들이여, 담배 피우는 그대들이여,
내겐 담배 연기가 독이고
그 때문에 나는 기침하지.
그 때문에 나는 머리가 어지럽고
그 때문에 나는 분별심도 잃게 되었어.
리푸의 청년들이여, 꼭 알아둬,
내가 언젠가 정말 분별심을 잃게 되는 그때를.

라베 이슈의 아름다움에 대해

베르베르(모로코)

오, 라베 이슈, 그대는 파시가 쟁반에 올려놓은 황금이네.

오, 방 안의 빛나는 양초여,

오, 한 방울 한 방울 떨어지는 꿀물이여,

오, 저 멀리서 향기를 품는 대정원이여,

오, 손길이 원하고 잡아주길 주저하지 않는 활짝 핀
장미여,

오, 날렵한 목, 통통한 몸매, 오, 아프리카 영양 같은 사
뿐한 걸음걸이여.

땅이 우는구나

부시맨(보츠와나)

여자: 불타는 태양 아래
　　 땅이 말라 버렸구나
　　 불 옆에서
　　 나 혼자서 우네.
　　 온종일
　　 비를 그리워하며
　　 땅이 우는구나.

　　 내 마음은 밤새도록
　　 사냥꾼을 그리워하였네.
　　 나를 좀 데려갔으면.
　 * * *
남자: 오, 바람 소리 들으니,
　　 그대, 여인이여, 그곳에 있구나.
　　 시간은 흐르고

비가 오는구나.

그대 마음을 듣게 해주오 ….

그대의 사냥꾼이 왔다네.

마음을 나눠요

아즈텍(멕시코)

일어나요! 북을 쳐요!
사람이라면 우정을 알아야 해요!
서로 마음을 나눠요!

오직 이 세상에서 우리만이
우리 담배를,
우리 꽃들을 나눌 수 있어요.

왜 내가 그이를 사랑하지?

암하라(에티오피아)

바람으로 만든 바지, 우박으로 만든 단추,

곤다르에서 사라진 쇼아에서 만든 흙덩이,

가죽 끈으로 끌린 채, 입에 고기를 문 하이에나,

불가에 놓인 물 한 컵,

투코모르가 들어있는 불화로에 부은 한 동이의 물,

안개와 불어난 시냇물로 만든 한 필의 말,

이 모든 것은 무용지물, 아무에게도 쓸모없네.

왜 내가 그이 같은 남자를 사랑하지?

사랑노래 주고받기

구룽*(네팔)

총각: 오, 젊은 아가씨,

　　　그대가 이 세상에서 가장 아름답군요.

처녀: 먼 곳에서 온 청년이여

　　　물속 고기들도 예쁜데,

　　　어찌 그대는 그것들을 보지 않나요?

총각: 물고기들이 말없이 헤엄치는 동안,

　　　그대는 노래 부르고, 또 노래 부르는군요, 젊은

아가씨여,

　　　그대 목소리에 난 홀딱 반했네요.

처녀: 만일 아름다운 노래를 원한다면,

　　　오, 젊은 남자여,

　　　저 나뭇가지의 새보다 더 아름답게 노래하는 이

가 있나요?

총각: 물고기도, 새도 따뜻한 마음을 가지고 있지 않아요.

　　　가정 만드는 걸 원하지 않는 남자가 있나요?

처녀: (그녀는 대답하지 않는다, 다만 살짝 웃을 뿐.)

총각: 그대가 말하지 않아도, 오, 매력 만점 아가씨여,

흥분한 이 내 마음은 따뜻해져요.

아무 대답하지 말아요,

내일 그대 어머니께 바칠 결혼 예물을 준비할

테니 기다려주오.

---

* 네팔에서는 결혼식 식전행사로 이러한 노래를 주고받는다. 여럿이 모인 자리에서
청년은 아가씨에게 노래를 부르고, 아가씨는 그 노래에 답한다. 그러다가 어느 순간
아가씨가 청년을 맘에 두면, 노래하던 아가씨는 의도적으로 답하지 않는다. 이것은
아가씨가 청년의 제안을 받아들였다는 것을 뜻한다.

사랑의 아픔

이사(소말리아)

낙타가 뼛속까지 다 아프고
힘이 다 빠져버리면, 아무 것도 할 수 없게 되듯이
오, 두디, 그대에 대한 사랑 때문에
나는 시들고 쓰러져버릴 것 같아요.

나는 둔부루크의 불 옆에서 뭔가 훔쳐 내빼는
교활한 하이에나에게 물었네:
저 멀리 배회하며 다니다가
그대 소식을 갖고 왔는지.

바람이 그것을 가져가 버렸어요

킨(베트남)

나의 연인에게 조끼를 주었어요.

나는 집에 돌아와, 아빠 엄마에게 거짓으로 이렇게 말했네:

동편 활모양의 다리를 지나는데, 바람에 그만 그게 날아가 버렸어요.

나의 연인에게 반지를 주었어요.

나는 집에 돌아와, 아빠 엄마에게 거짓으로 이렇게 말했네:

동편 활모양의 다리를 지나는데, 그게 내 손가락에서 빠져버렸어요.

나의 연인에게 밀짚모자를 주었어요.

나는 집에 돌아와, 아빠 엄마에게 거짓으로 이렇게 말했네:

동편 활모양의 다리를 지나는데, 바람에 그게 날아가
버렸어요.

나의 연인에게 내 자신을 주었어요.
나는 집에 돌아와, 아빠 엄마에게 거짓으로 말했네:
그 사실일랑 한마디도 말하지 않았어요!

헛되도다

모투(파푸아뉴기니)

태양이 내 머리 위에서 빛나도

나는 그 유용함을 모르네.

나는 헛되이 춤추며 땀만 흘리네.

청년들: 내가 사랑하는 아가씨 손을 잡아보고 싶어요.

아가씨들: 내가 사랑하는 청년 손을 잡아보고 싶어요.

모두 함께: 우리 함께 손을 맞잡아도

　　집에 돌아갈 때는 모두 혼자가 되지요.*

---

* 마지막 구절은 종교를 숭배하는 사람들의 영향으로 덧붙여졌는데, 주변 상황을
알면 우리는 그 마지막 구절이 "우리는 어둠 속에서 길을 잃지 않으리" 또는 "우리
사랑은 끝이 없으리" 와 같은 내용으로 전개된다는 것을 쉽게 상상해 볼 수 있음.

주고받기

크메르(캄보디아)

-그대가 나를 부르니, 나는 기꺼이 가리.

-하지만, 그대는 나의 입맞춤에 뭘 주나요?

-그대의 입맞춤에 내 입맞춤으로 보답하지요.

-그럼, 내가 주는 마음에 그대는 뭘 주나요?

-그 보답으로 내 마음을 주겠어요.

-그럼, 내 사랑엔 그대는 뭘 주나요?

-보답으로 그대에게 내 사랑 드리리.

우정에 대한 생각

베르베르(모로코)

우정은 자주 있지 않지만 미묘하다.
우정이란 이름에 맞는 유일한 것은
온갖 오해에도 불구하고
우정이란 존재한다는 것이다.

    *   *   *

한 사람이 자기 친구와 함께 있을 때는
제가 가진 가죽 물주머니 속
마지막 물 한 모금도 나눠 마신다.
만일 그 물마저 떨어지면,
두 친구는 서로의 얼굴을 향해
살짝 웃으며 목마름을 함께 참고 견디는 것이다.

    *   *   *

내가 내 친구들이 몇인가 헤아릴 때는
그 이름들 아주 많았는데,
정작 그들의 도움이 절실할 때

찾아보니 한 명도 없구나.

친구에게

마가르(네팔)

오, 친구여, 네 노래는
우리 결코 잊지 않으리.
웃으며 이야기하세!
우리 관계 결코 깨지지 않으리.
웃고 춤추며, 웃으며 이야기하세!

무섭다고는 말하지 말게.
눈 덮인 강물에
자네 말이 휩쓸려 갈 수 있네!
우리는 서로 찾았으니,
죽음이 와도 슬퍼하지 않으리.

숲 속에서 반지를 잃어본 이라면
이 사실 잊지 않으리.
삶이란 그리 길지 않아

우린 내일 죽을 수도 있어.

우리는 뭘 하지, 우리는 뭘 하지?
노래를 너무 많이 불러 미친 이도 있지.
원숭이, 사슴은 강가에 놀고,
우리는 그래도 함께 지내자.
우리는 같이 노래하고,
즐겁게 지내자. 모두 좋은 마음으로!

토끼의 불평

몽골(몽골)

내가 사람 사는 곳 지날 때면,

　　유르트*에 사는 모든 개가 나를 쫓지 않을까?

내가 계곡으로 가면,

　　사냥꾼의 빠른 화살에 목숨을 맡겨야 하지 않을까?

내가 저 낭떠러지나 틈새에 몸을 숨기면,

　　늑대나 여우가 잡아먹지 않을까?

내가 넓은 길을 지나갈 때면,

　　때마침 가던 나그네가 보지 않을까?

하느님께 넋두리를 하느니

　　차라리 길섶 작은 나무 아래 숨는 게 낫지.

내가 만일 저 작은 나무들 아래 숨는다면,

　　회색 독수리가 덮치지 않을까?

내가 바위 사이에 숨는다면,

　　검은 독수리가 채가지 않을까?

난 도대체 어디에 숨지?

오, 이 불쌍한 토끼 운명이여!

_____

* 시베리아나 중앙아시아의 유목민들이 지어 사는 천막집.(역주)

노래하는 별들

페세메코드(미국)

우리는 노래하는 별,
우리는 반짝임으로 노래하네.
우리는 하늘 위로 나르는
불타는 별.
우리는 영혼에게 길을 열어주고,
위대한 영혼에게도 길을 여네.
우리 중엔 사냥꾼이 셋,
곰* 한 마리를 쫓아가네.

저 먼 옛날부터 시작하여
지금까지 그들은 쫓아가고… 또 사냥 중이네.
우리는 산들을 내려다보네.
우리는 강들을 노래하네.

_____
* 곰은 페세메코드 사람에게 별자리를 뜻함.

천국의 새

침부 (파푸아뉴기니)

오, 우리 산맥의 새여,

천국의 새여 - 고귀한 여인이여,

오, 신령스런 새여!

내 여기 혼자 있으니

두려워 마라.

비어 있는 너의 정원으로 오너라.

황폐해 경작되지 않은 이 땅,

여자도 없고, 아이도 없는 이 땅을 내려다보게.

네 아름다움으로

내 슬픔을 달래주오,

오, 멋진 천국의 새여!

들짐승과 여인

카라자(브라질)

들짐승들이 오는구나, 라-라….
잔인한 들짐승들이 오는구나, 라-라….
짐승들이 오는구나. 저것들이 모든 걸 다 먹어버리네,
라-라, 라-라, 라.

아름다운 여인아, 내 아내야, 라-라;
아름다운 여인아, 단 열매야, 라-라;
어서 달아나요, 저들에게 잡아먹히지 않으려면.
라-라, 라-라, 라.

모래밭

아란다(호주)

내 앞도 모래밭

내 뒤도 모래밭

뜨겁고 노란 모래밭

풀 한 포기 없는 모래밭엔

토끼도 오지 않고,

어린나무 없는 모래밭엔

캥거루도 없고,

나, 안강바는

한 손에 창 들고

다른 손에 창던지기 널빤지와 부메랑 안고서

입이 바싹 마른 채 방황하고 있네.

날개 짧은 큰 매

포콤(탄자니아)

들어보렴, 나뭇가지 위에서 저 새가 부르는 소리를,
들어보렴, 날개 퍼덕이며 고개 젓는 저 새 소리를!
용감하고 아름답구나,
찬란한 깃들은 눈과도 잘 어울리네.

나는 머리에 항아리를 이고,
저 강가로 내려가면서
쿠루보 나무 꼭대기에 앉은 큰 매를 본다.

개구리의 부름

파푸아(파푸아뉴기니)

개구리가 늪에서 부르네:
개굴-개굴!

개구리 소리 작아도,
멀리서 소리 들리네:
개굴-개굴!

개구리는 아주 작아
보일 듯 말 듯.
뭔가 할 말 있구나:
개굴-개굴-개굴!

그림자의 노래

나바호(미국)

바람은 나무들의 꼭대기를 이용해
신비하게 찢긴 그림자들을 만들어 장난하네.
나무뿌리 아래의 춤
부서진 자갈들의 춤.
모래밭은 검은 그림자들의 춤 속에서
내리쬐는 햇빛 아래 쉬고 있구나.
나는 조금은 검고,
조금은 하얀 색의 큰 바위들을 바라보네.
회색, 갈색, 백색
수시로 변하는 저 바위들이
내 눈으로 하여금 들녘의 원시 춤을 보게 하네.

춤과 북소리,
옛 노래 소리가
저 멀리 숲에서 들려오네.

이 땅의 나는
겁 없는 그림자들이
춤추는 소리를
듣고 있네.

그리움

아파르(소말리아)

그녀는 몸이 늘씬하고 다리는 곧아서
그녀의 어머니가 앞에 서 있는 듯하고,
섬세한 비단옷이
아주 잘 어울린다네.

오, 토무나, 그대 가슴이 봉긋한 것이
마치 잘 익어 달콤한 사과 같음을
나는 희미한 밤이 칠흑같이 될 때 다시 알게 되리.

만일 그대에게 자비심이 있다면,
죽음이 가까이 온 사람을 뿌리치진 않으리.
내 뼈가 땅에 묻히기 전에
내게도 그 자비심 베풀어주었으면!

그녀의 품속에 누웠던 이여

완전한 삶을 누렸구나.

오, 신이여, 제게도 이 삶이 언제 행복으로 가득 찰까요?

사랑 노래 세 가지

아니샤베(미국)

내겐 보이네

　　　 … 니아흐

내겐 보이네

　　　 … 니아흐

내 사랑의 대상을 찾았는데

　　　 … 니아흐

바로 그렇게 내겐 보였어.

* * *

바보의 잡담 소리도

내겐 내 사랑이 노 젓는 소리로 들리네.

* * *

북 옆에 앉아서

내 사랑이 곁에 왔으면 하고

기다려도…

시간은 너무 오래 흘러버렸네.

3부 □□□

달

소토(레소토)

저 달은 땅을 밝히네.
저 달이 땅을 밝히지만,
-밤은 밤이라야 한다오.

저 밤은 아무리 해도 낮이 될 수 없네.
저 달은 널어둔 빨래를 말릴 수 없어.
이는 여자가 남자가 될 수 없는 것과 같고,
흑인이 결코 백인이 될 수 없는 것과 같네.

신성한 나무

수(미국)

그대가 심은 신성한 나무—나를
사람들이 지켜주고, 키워주었네.
나는 관심어린
이 땅의 한복판,
이 신성한 곳에
똑바로 서 있네.
사람들이 나를 지켜주고
키워주었네.
나는 내 주위로 모여든
사람들을 유심히 보네.

갈매기

모투(파푸아뉴기니)

오, 갈매기, 갈매기야, 너는 높이,
그곳에서 드높이 가벼이 나는구나.
어린 소년인 나는
여기 아래에 서서, 네 나는 모습을 쳐다보네.

오, 갈매기, 갈매기야,
그곳에서 드높이 있어라.
네 나는 모습은 정말 매력적이구나
그곳에서 너는 필시 신을 보고, 또
신 가까이 머물고 싶어 하는구나.

어린 새, 내 친구여,
이리 내려와 봐,
너를 괴롭히진 않으마, 무서워하지 말고 와 봐,
투나오* 선인장의 맛난 열매로 너를 먹여 살리마.

오, 어린 새야, 나를 무서워 마,

나는 창도 안 가졌어.

아름다운 새야, 지금 이리 온.

이 어리고 외로운 소년에게로 내려 온.

---

* 부채선인장 속 선인장.

낙타와 낙타를 끌고 가는 상인의 대화

아파르(소말리아)

오, 내 친구 같은 녀석아,
우리 갈 길은 멀구나,
물은 저 멀리 있고.
우물은 어디에도 없고,
엘 갈라의 그림자들은 어디에도 보이지 않아.
그래도 넌 배고픔 잊고, 목마른 것도 모른 채
네 길만 가는구나.
우우흐… 우우흐… 우우흐… 이히야이!
오, 내 여자 친구 같은 녀석아,
누구라도 네 젖 한 모금을 마시면
상처 입지 않지.
아무도 그이를 길에서 멈추게 하지 못하지.
전사의 뾰쪽한 창도 막지 못하고,
독사에 물릴 리도 없지.
그이가 용감하게 된다는 것을 너는 잘 알지.

우우흐… 우우흐… 우우흐… 이히야이!

오, 여자 친구 같은 녀석아,

저 멀리 사자가 포효하는 소리를 듣고 있니?

저 산꼭대기에 새끼들과 함께 있단다.

저 사자가 우리를 싸움터로 부르네.

저 사자가 우리에게 도전하네.

우리 저 곳으로 가 볼까?

너는 용감하고, 안 무서워해,

우우흐… 우우흐… 우우흐… 이히야이!

오, 이 여자 친구 같은 녀석아,

넌 성스런 뚱보에게

선물로 바쳐져

멸시당하는 낙타는 아니지.

지난 날 험한 싸움터에서 내가 너를 이겼지,

내 두 손으로 너에게 불도장을 찍어두었지.

고향 땅에서 너를 돌보았지.

너는 아름답고 살이 찐 모습이었어.

우우흐… 우우흐… 우우흐… 이히야이!

오, 여자 친구 같은 녀석아,

네가 싸울 때도 평화로운 때도 보호해줄 것이고,

너를 결코 팔지 않을 거야.

만일 내가 길을 가다

아주 예쁘고 현명한 여인을 만난다 해도

너를 그 여인과 바꾸지 않을 테야.

너에게 내가 맹세하마…

우우흐… 우우흐… 우우흐… 이히야이!

오, 이 여자 친구 같은 녀석아,

회교국 용사 중에 네가 가장 용감하지.

용사들은 사막을 횡단하다 죽을 수도 있고

가장 빠르고 가장 영리한 아랍의 말이라 해도

사막에 들어서면, 곧 죽음이지.
오직 너만이 저항할 수 있고, 참을성이 있지:
일천 개의 사막을 지나갈 수 있지,
어느 때보다 지금 너는 가장 힘이 세구나.
우우흐… 우우흐… 우우흐… 이히야이!

전투에 앞서 자신감 다지기

다코타(미국)

난 여우야
한 번은 반드시 죽는 법!
만일 뭔가 어려운 일이 있다 해도,
만일 뭔가 위험한 일이 있다 해도,
내 임무는 그 일을 해내는 것!

달이 다시 나오다

본구리(호주)

새 달이 지금 다시 저 하늘에 있구나.

달이 이전에 자신의 뼈를 내던져버렸지.

달은 이제 조금씩 커지고,

새 뼈를 모으고 살을 모으는구나.

저 멀리에

달은 자신의 뼈를 버렸네.

달빛은 연꽃 뿌리를 비추고,

듀공*이 쉬는 곳도 비추고,

저녁별이 있는 곳도 비추네.

듀공의 꼬리가 있는 곳도 비추네.

비온 뒤

달은 길의 흙탕물을 비추네,

옛 뼈를 모두 버린

새 달은 이제 다시 자라기 시작하네.

달은 점차 자라고,

뼈도 마찬가지로 자라네.

저 멀리

늙고 삭막해진 달의 뿔들은

듀공이 사는 길의 흙탕물 속으로 빠져죽기 위해

곧장 떨어진다네.

이제 달은

제 모습 최대한 크게 부풀려

뼈가 다 클 때까지 자라,

저 위에서 땅을 내려보고,

연꽃 뿌리 자라는 길의 흙탕물을 내려다보네.

달은 이미 하늘 위로 올라가,

길의 흙탕물 위에 섰구나.

이제 달은 더욱 커졌고 나이가 들었구나…

저기, 저 먼 달은

우리 부족이 사는 밀린김비라는

이곳에 보름달이 되어,
하늘 위에서 섰네.
이곳, 우리 부족 사는 곳 위에!

---

* 아프리카 동해안에서 남태평양에 이르기까지 바닷속에 사는 바다소목 듀공과의
포유류. 몸길이 약 3미터.(역주)

전투가 끝난 뒤

아니쉬나베(미국)

숲과 초원
이곳저곳 둘러보니
다코타 부족 여인들이
울면서
전투가 끝난 뒤 마을 사람들을
불러 모으네.
가슴을 에는 울음소리
우리도 듣는구나.

전쟁의 행운에게 호소하노니

몽골(몽골)

제 주인이신,
붉은 불이신 갈라이 칸이여,
칸의 아버지는 명석한 부싯돌,
칸의 어머니는 단단한 강철입니다.

칸에게 저는 공물을 바칩니다:
가마솥에는 노란 기름,
잔에는 붉은 포도주,
손에는 고기 비계를 준비했습니다.

저희에게 싸움의 승리를,
달리는 말에겐 힘과 속도를,
저희 손에겐 백발백중의 확신을 주세요.

싸움의 마술 부적

만가지(콩고민주공화국)

내게 싸움에 쓰는 당신의 마술 부적을 주세요.
오, 언제나 싸움에서 이기는 전사여!
그 부적 내게 주십시오. 나도 그대처럼 언제나
이기는 전사가 되도록.

그대가 그런 부적이 없다거나,
용감한 마음만 지녔을 뿐이라고 말하지 마세요.
내 마음이 용감해도,
만일 이 마음에 그 부적이 없으면 무슨 소용이 있겠어요!
좋은 창을 갖고 있어도,
그 부적이 없다면 아무 소용없어요.

만가지 부족 사람들은 용감한 마음이 있지만,
아자브 부족이 우리 부족을 정복했어요.
저들 마음이 더 용감했거나,

저들이 더 나은 무기를 갖고 있기보다는
저들의 부적이 우리 부적보다 더 세었기 때문이에요.

나도 그대처럼
언제나 이기는 전사가 되고 싶어요,
무적의 전사가 되고 싶어요!
그대에게 간청하오니, 제발 그 부적 좀 주세요!

우그미덴 전투

투아레그(알제리)

어느 날, 가이툰이라는 유목텐트에서 야영하고 난 뒤,

나는 전사들을 따라갔어요.

겨울 추위를 이겨가면서 행진했어요.

사막도 서둘러 지나갔지요.

내 마음 속에 그만큼 투쟁심도 생겼어요,

그 마음이 없어지지 않고,

차가워지지도 않을 정도가 되었어요.

나는 타랏트 계곡으로 내려가면서

허리띠를 단단히 졸라매며 싸울 준비를 했어요.

나는 적을 만나기만 해라 하며 서둘렀어요.

한때 죽을 준비가 되어 있다던 아마는

노루처럼 이 산 저 산으로 달아났어요.

어느 산꼭대기에 올라갔을 때

나는 전쟁의 담판 소식을 듣게 되었어요.

내 마음은 끓어오르고, 그 마음 진정시킬 수 없었어요.

내가 돌보지 못한 가축들은 굶주려 있는 적의 녀석들이
에워싸, 자기 것으로 만들어버렸어요.

나는 내 낙타를 무리 옆에 두지 않고,

누구도 막지 못하도록 저들의 대오 속에 들어가려고
했어요.

전투 초입에 내 손이 상처 입지 않았더라면,

필요한 용기와 힘을 가질 수 있었을 텐데.

온 힘의 주인이신 신이시여, 당신께 감사드립니다.

지난 날 여자들이 다 죽어가며

저 산맥으로 피난했던

그 날의 패배를 오늘 되갚았습니다.

고상한 남자들이여, 나를 위해 타카립트에게 인사하라.

그대는 이 먼 땅에서 복수했구나. 오, 타카립트,

헤마와 아마 두 친구는 이 싸움에서 수단의 옷감처럼
칼에 베었어요.

전쟁터에서 아마가 타고 다니던 낙타,

그의 호화스런 겉옷, 소총, 칼과 창,

그의 술 장식 달린 붉은 모자를 수습해왔어요.

나는 되돌아가요. 내 갈색 말을 피곤한 발걸음으로 앞
장 세웠어요;

내 무릎에는 내가 직접 만든

구즐라라는 악기가 있어요.

타카립트에게, 또 구즐라 악기를 다루는 모든 사람에
게 인사하라!

번개를 관통하는 내 열정에서 나오는 인사를 받아주오.

마치 태풍과 번개가 폭풍우 속에 경쟁하듯이…….

아들이 출발할 때

몽골(몽골)

케마 강가의 날씬한 버드나무 휘늘어져 있는데
나의 허약한 몸에 불같은 열정이 지나가네.
아버지의 칠팔십 마리 말 중에서
저, 적황색 말을 빼내줘요.
아빠, 당신 아들 이제 출발합니다!
유르트에서 붉은 갑옷을 가져다주세요.
엄마, 당신 아들 이제 출발합니다!
상자 안의 활과 화살을,
또 무기도 가져다줘요.
아빠, 당신 아들 이제 출발합니다.

진흙의 영령

아사로(파푸아뉴기니)

우리 아버지들의 아버지와 그분들의 아버지는
우리 강가에 불을 피우고 앉아
물고기도 굽고, 마도 구워 먹었네.
불빛은 까만 밤의 강을 밝혔네.
우리 아버지들의 아버지와 그분들의 아버지는
낯선 외적이 침입하는 소리를 듣게 되고
또한 그 그림자들도 보았네.
검은 밤 허공에서
창과 활이 날아다녔네.
우리 아버지들의 아버지와 그분들의 아버지는
물속에 자신을 숨기려고
강으로 달려갔네.
그분들 중 몇 분은
까만 밤에 숨는데 성공했네.
우리 아버지들의 아버지와 그분들의 아버지는

피를 흘리고 찔린 채

머리가 잘린 채,

곤봉에 머리가 깨진 채

까만 밤에 쓰러졌네.

우리 아버지들의 아버지와 그분들의 아버지는

쓰러져 있고, 침입한 외적들은 싸움이 끝난 뒤

까만 밤에 잔디밭에서 승리의 춤을 추고 있었지.

우리 아버지들의 아버지와 그분들의 아버지는

이미 죽은 듯이 기다리며, 오직 까만 밤에 그 외적들을 찢어,

제물로 구울 때가 오기만 기다렸다네.

우리 아버지들의 아버지와 그분들의 아버지는

까만 밤, 물속에 숨어 있다가

이제는 더 이상 참을 수 없어,

진흙과 해초로 온몸을 숨긴 채 나왔다네.

우리 아버지들의 아버지와 그분들의 아버지가
철천지원수를 죽이려는 복수의 화신처럼
나타나니, 까만 밤에 그 외적의 원수들은
혼비백산해 달아났네.
우리 아버지, 우리
기적적으로 살아남은 후손인 우리 아들들이여,
조상님들의 영광을 위해
토기의 영혼 춤을 추어보세
밝은 대낮에도, 까만 밤에도.

전사와 말의 영광을 위해

몽골(몽골)

고향 땅의 목장을 그리며
암말들은 울면서 말발굽으로 발자국을 남기네.
자신의 어머니를 떠올리면서
젊은 아내들은 눈물을 흘리네.

오, 나의 부유함이여, 나의 영광이여!

초원에 사는 말이 빠르다는 것은
저 낮은 산맥에서
그대가 그 말을 폭풍우처럼 타고 다니면서 알게 되네.
초원에 사는 전사들이 용기가 있다는 것은
그대가 칸과 함께 세상의 절반을 달리면서 알게 되네.

오, 나의 부유함이여, 나의 영광이여!

영웅 티무르[*]

타타르(러시아)

영웅 티무르가 우리 천막 아래 살았을 때,
우리 민족은 용감하고 호전적이었네
그대의 발자국 아래 땅은 다져지고,
그대의 눈길 앞에 만인은 돌처럼 굳었네.

오, 위대한 티무르여, 위대한 영혼이여,
그대는 다시 살아나는가요?
돌아와요, 돌아와요, 우린 그대를 기다려요, 오, 티무르!

젊은 몽골 사람이라면 힘센 손으로
야생마 길들이기에 익숙하고,
저 멀리서도 낙타를 찾는 능력이 있네.
아, 그런데, 나는 이젠 더 이상 힘센 손도 없구나.
조상들이 쓰던 활을 당길 힘센 손도 없구나.
내겐 저 원수들의 교활함을 구분할 줄 아는

두 눈도 이젠 없구나.

오, 위대한 티무르여, 그대의 위대한 영혼-
영혼은 우리에게 다시 돌아올까요?

---

* 티무르 렌크(1336-1405): 중앙아시아 타타르족 영주로 14세기 후반 30년에 걸쳐
중국의 만리장성에서부터 모스크바와 앙카라까지 정복함.(역주)

나의 도시*

비라(콩고민주공화국)

도시-넌 내 고향이네…

도시-네 안에서 난 먼저 먼지를 보네.

도시-네 안에서 난 첫사랑 만났네.

도시-사람들이 나를 네게서 저 먼 여행길로 보냈네.

도시-너 없이 난 무얼 할 수 있을까…!

---

* 서구화된 도시의 한 구역, 시내.

축제

트로브리안드(파푸아뉴기니)

오호라! 내가 꿈 깨어보니,
전통춤으로 이끄는
축제의 북소리 들려오네.
엉덩이 주위에 온갖 장식을 한
축제를 위해 만든 풀치마 입은 아름다운 아가씨들이
한 손엔 작은 북을 들고
검게 칠한 이를 내보이며 춤추네.
토키뷔나는 바비비 마을을 지나며
리듬에 맞춰 발걸음을 옮기네.
그녀는 바비비 마을 전체를
리듬에 맞추어 걸어가네.

기쁨

부시맨(보츠와나)

오, 누가 이곳에 있구나!
크바만고 형이 신던 신발 한 짝.
내 형의 신발 한 짝.
크바만고 형의 신발 한 짝,
내 형의 신발 한 짝.
그 신발이 있어 지금
난 더 이상 외롭지 않네.

빛나는 나라로부터

치누크(미국)

저 먼 곳에 영원히 빛나는 나라,
빛나는 나라가 있구나!
그곳에는 강이 빛나고,
그곳에는 맛난 연어들이 나타나네.
빛나는 나라에서 내 유쾌함도 오니,
내 삶의 기쁨은 가이없구나.

목동의 노래

디그힐(소말리아)

내 낙타 주둥이 아무리 커도
그게 낙타의 아름다움을 작게 하진 않아.
내 낙타 다리 접질려 있어도,
그게 낙타의 아름다움을 작게 하진 않아.
낙타의 넓은 주둥이 위에 자라는
서른아홉 개의 털은 마치 뾰족한 가시 같네.
두 눈이 오로라처럼 아름답고,
꼬리는 창처럼 곧은 낙타여.
우는 아이가 낙타를 보면 평화를 찾고,
하늘의 천사는 낙타의 우유를 가져다주고,
낙타 혹은 마치 천국의 언덕 같네.
낙타 젖가슴은 우유로 가득 차도 흘러내리지 않네.
알라신은 낙타에게 튼튼한 네 발을 주셨고,
앞발은 달릴 때, 뒷발은 붉은 먼지를 일으킬 때 쓰지.
형제들이여, 해가 지는구나.

나는 이제 내 노래를 마친단다.

기도할 시간이 다가왔거든.

태풍

폴리네시아(하와이, 미국)

코올라우에서 나는 비를 만났네.
뿌오얀 먼지 회오리 속에서 비를 만났네.
비가 억수같이 퍼붓기 시작하더니,
이내 기둥처럼 내리꽂히네.
울부짖고 한숨 쉬는 비,
흩뿌리며 억수로 내리고 천둥치는 비,
억센 힘으로 이 땅을 파괴하는 비,
땅을 후려쳐서
이 땅을 사막으로 만들어버리는 비,
비로 인해 강물은 불어 미친 듯이 구르고,
모든 것을 물속에 잠기게 하네,
산비탈도 산산조각 허물어져 내리네.

산이 빗물에 무너지는 모습이
마치 미쳐 날뛰는 개가 달려와,

제멋대로 갈기갈기 찢어버리는 것 같구나.

어린 새야, 오너라

멜라네시아(솔로몬제도)

오, 붉고 어린 새야, 이리 온.
이 강의 입구
사랑의 풀잎이 떨고 있는 이곳에
몸을 숨겨라.

풀잎 위에 너를 재워줄게.
떠날 땐, 네 날개에 사랑의 풀잎을 가져가.

오, 붉고 어린 새야, 이리 온.
이 정원의
심장 모양 풀잎들이 우거진 이곳에
몸을 숨겨라.
풀잎에 너를 재워줄게.

어린 새야, 또 네가 날아갈 때,

너의 다른 날개엔

심장 모양 풀잎들을 챙겨

내 연인이 사는 집에 가져가다오.

꿈

아니샤베(미국)

머리 위에
큰 새를 이고
나는 창공을 따라
산책하네.

가까운 사람들 중에는
내 자부심과 내 기쁨을 보는 이 없구나.
내 머리 위의 새와
또 도도하게 걷는 이 모습을 봐 주는 이도 없구나.

나는 예전엔 한 번도
꾸지 못한
꿈을 꾸었다네.

4부 □■□■

마음에서 우러나는 기쁨

축치(러시아)

저 많은 개들이 끄는 썰매의 여행자는
어디서 오는 길인가?
여기 도착할 때까지
여행자의 손에는 채찍도 없구나.
나는 유쾌하게 더욱 서두르고,
노래하며 더욱 서두르네
마음은 유쾌하게 노래하네.
우리 마음이여, 유쾌하게,
유쾌하게 또 노래하세.

수확

구자라트(인도)

오, 씨알이여, 싹을 틔워, 예쁘게, 온전하게 자라거라!

온전히 네 힘으로 더 튼튼해져라.

너를 담은 이 항아리를 깨뜨려 봐.

번개가 너를 해치진 않아!

오, 씨알이여, 우리가 네 이름을 부르니,

오, 신이여, 이 씨알은 우리말을 들었으니,

이제 씨알은 하늘만큼 자라고,

바다만큼 부서지지 않으리.

씨알 돌보는 사람들도 다치지 않을 거고,

또 그들의 곳간도 다치지 않아!

너를 공물로 바치는 사람들도 다치지 않아!

너를 먹는 사람들도 다치지 않지!

신성한 나무

폴리네시아(피지)

자거라, 밤엔 자거라, 동틀 때까지 자거라.
낮에는 태양이 하늘에 올라가니,
사람들은 신성한 양고나 나무뿌리들을 뽑고 갈아,
랑가칼리 나무의 가지에 걸어놓는구나.

가마솥을 준비하고 불을 피우세.
양고나 나무뿌리를 가져와, 어서 껍질을 벗기세.

노인은 불을 밝히면서 노래하네

아란다(호주)

나의 작은 장작나무야 어서 불붙어라!
고기를 구워보고 싶단다.
어서, 어서 불붙어라,
더 이상 주저 말고!

이젠 불꽃도 더 키워다오.
더 많은 열기도 가져가다오.
힘껏 바람을 불어볼 테니,
너는 불꽃을 더 크게 만들어다오!

양*이 한 마리 부족할 때

티베트(티베트)

이 나라에는 양 한 마리도 없구나.

그래도 산돼지라는 짐승은 있지.

머리에 두꺼운 살코기가 있고, 입에는 상아 같은 이빨
이 있네.

코에는 단단한 반지가 있어.

귀중한 짐승이 아니니

손님 앞에나 내놓거든.

이 짐승은 값어치가 없어

사람들이 먹어치우네.

산돼지를 칭찬할 순 없네.

이 짐승은 새끼도 배지 않고, 값도 나가지 않고,

입 안의 상아 같은 이빨을 하고서도 값이 없고,

코반지 있지만 코를 메는 고삐가 없으니, 가치 없네.

만일 이 짐승이 비곗살을 가졌다면, 손님 앞에 내놓지.

이 나라에는 양 한 마리도 없구나.
그래도 꿩이라는 날짐승은 있지.
노란 머리엔 황금색 빗이 있고,
이 날짐승 엉덩이는 정한수 그릇 같고,
꼬리는 날카로운 칼 같구나.
이 날짐승은 값이 나가지 않아,
손님 앞에나 내어놓네.
이 날짐승은 값어치가 없으니,
사람들이 먹어치우네.

나는 꿩의 편에서 칭찬할 생각은 하나도 없네.
머리엔 황금색 빗이 있지만,
그 빗 앞에 기도도 공물도 내놓지 않으니
값어치가 없고,
몸뚱이는 흙으로 빚은 항아리 같아,

위엄스런 목도리도 두르지 않았으니,

그 날짐승은 가치 없네.

날카로운 칼같이 생긴 꼬리도 손잡이 없으니,

꿩은 아무 소용없네.

만일 그 꿩이 비계라도 많다면, 그걸 손님 앞에나 내

놓지.

이 나라에는 양 한 마리도 없구나.

그러나 비둘기라는 날짐승은 있지.

머리는 청금석^{靑金石}으로 만든 모자를 쓰고,

두 눈엔 구리 반지들이 있고

부리에선 진언^{眞言}들이 나오네.

그렇게 이 날짐승이 값이 안 나가기에,

손님 앞에나 내놓네.

손님들 또한 그런 값나가지 않는 걸 존중하지 않기에,
사람들이 그걸 먹어버릴 걸.

난 비둘기를 칭찬할 이유는 하나도 없네.

머리에 청금석으로 만든 작은 모자 있어도,

그 모자를 벗길 수 없으니, 아무 소용없어.

눈에 구리 반지 지녔어도,

그걸 빼낼 수 없으니, 아무 소용없네.

그 날짐승의 부리에서 진언들이 나오지만

우리는 그마저 이해 못하니, 그것도 소용없네.

만일 그 짐승이 충분히 두꺼우면, 그걸 손님 앞에나
내놓지.

이 나라에는 양 한 마리도 없구나.

그래도 카마라는 고양이 짐승은 있지.

머리는 수정으로 만든 공 같고,

두 눈은 비계로 된 아름다운 호수 같고
꼬리는 독뱀의 혀처럼 휘어질 수 있다네.
고양이는 값이 나가지 않으니, 손님 앞에나 내놓네.
손님들은 가치 없는 것까지 마다하지 않으니,
손님들이 이를 먹어치울걸.

나는 카마라는 고양이를 칭찬할 이유가 없네.
머리는 수정으로 만든 공이라 현명함을 담지 못하니,
아무 소용이 없지.
두 눈이 비계로 된 호수라, 신[1]의 연꽃도 띄울 수 없
으니,
값도 나가지 않고,
꼬리는 뱀의 혀처럼 날렵하여도 독이 없으니,
아무 쓸모없구나.
만일 그게 비계라도 있다면, 손님 앞에나 내놓네.

이 나라에는 양들이란 없구나.
그래도 노란 여우라는 짐승은 있지.
이 짐승 머리는 쇠로 만든 상자 같고,
몸뚱이는 잠링 태양 같구나.
여우의 꼬리는 존경의 표시물인 비단 목도리 같네.
이 짐승은 값이 나가지 않아,
손님 앞에나 내놓네.
손님들은 가치 없는 먹거리조차 마다하지 않으니,
손님들이 이를 먹어치울걸.

난 여우를 칭찬할 생각은 없거든.
쇠상자 같은 그 머리는
대장장이도 벼릴 수 없어, 아무 소용없네.
잠링의 태양 같은 그 몸은 빛을 발하지도 않으니

아무짝에도 쓸모가 없네.

비단 목도리 같은 그 꼬리로는 함께 바느질할 수 없으니,

아무 가치가 없네.

그럼에도 만일 양고기라도 없다면⋯

양고기가 정말 어디에도 없다면,

그럼, 난 다른 건 안 먹을 거야.

---

* 양고기는 티베트에서 즐겨 먹는 음식임.

여기 머물러주세요

반투(잠비아)

세고시 님,

여기 머물러주세요. 또 이것을 드세요.

모두에게 가장 아름다운 것은 집에 있지요.

세고시 님이여, 여기 머물러주세요.

저희 집에서 직접 만든 음식을 드세요.

세고시 님은 우리 부족장이셨고,

우리 부족의 어머니이신데,

지금 저희를 두고 가시다니요,

영원히 저희를 떠나시다니요!

땅을 향한 노래

추바(수단)

우리 밭은 끝이 보이지 않는구나!
우리가 씨 뿌려 놓으면,
우리 밭은 여인의 자궁처럼
풍성한 수확 거두리라.

우리가 뿌려 놓은
씨앗 주변을 매면,
우리 땅은 신의 우유처럼
달콤하게 되리라.

추수해보니,
우리 땅에서 수확한 것을 담을
곡식 창고들이 작구나.
우리가 이웃 마을 사람들보다 더 부자가 되었네.
우리에겐 땅도 씨앗도 있고, 두 팔에 힘도 있다네.

우리 삽이 하늘까지 먼지를 퍼 올리면
황금 구름이 그 먼지를 덮으리라.

바다

쿠나(파나마)

나의 카누는 뭐지?-내 재산.
나의 신은 누구지?-나의 자유.
나의 법은?-나의 힘과 바람.
나의 유일한 조국은?-바다라네.

로노의 그물

폴리네시아(하와이, 미국)

오, 로노여, 먹거리 가득 찬 그물을 쏟아놓으세요.

또 비로 가득 찬 그물을,

타포* 나무에 꽃을 피울 비가 담긴 그물을 쏟아놓으세요.

저희를 위해 그것들을 모아주세요.

오, 로노여, 저희에게 먹거리를 주세요.

오, 로노여, 저희에게 물고기를 주세요.

바우케** 나무의 묘목과, 타포 나무를 위한 물감도 주세요.

---

* 이 나무의 속껍질을 이용해 사람들은 옷을 만들거나 덮개를 만듦.
** 가장 좋은 품질의 타포를 주는 나무.

과우테목의 부자유

아즈텍(멕시코)

테노츠카는 전사들에게 포위되었네.
전사들이 틀라텔롤카를 포위했네!

햇불이 재가 되었다. 이제 덥혀진 화약이 터지고,
구름들은 이미 흩어졌구나.

이미 그들은 콰우테모찐을 잡아갔고,
멕시코 왕자 몇 명이 그를 에워쌌네!
테노츠카는 전사들에게 포위되었네.
전사들이 틀라텔롤카를 포위했네!

아흐레 전에 콰우테모찐, 코나코초, 테틀레판케짤씨
노를 코요와칸으로 끌고 왔네. 왕들이 모두 포로 신세가
되었네.

그들을 위로하며, 틀라코찐은 말했다네:

"오, 나의 조카들, 용기를 잃지 마:

너희 왕들마저 황금 족쇄에 묶인 포로 신세가 되어도."

콰우테모찐 왕은 대답하네.

"오, 조카여, 너도 붙잡혀왔구나. 무거운 철판에 갇혀 있구나.

대장 옆에 앉은 너는 누구인가?

오, 내 여사촌인 도냐 이사벨이네.

오, 이럴 수가, 왕들이 모두 잡혀왔구나!

의심의 여지없이, 너는 노비가 되어, 다른 사람의 소유물이 되겠구나.

목의 족쇄들을 더 벼려서 채우겠구나. 더 벼려서 네게 올게다.

케쌀이라는 새를 코요와칸에 가두었구나.

대장 옆에 앉은 너는 누구인가?

오, 내 여사촌인 도냐 이사벨이네.
오, 이럴 수가, 왕들이 모두 잡혀왔구나!"

유목민의 자유

쿠희(아프가니스탄)

님이여, 오실 때 꽃은 들고 오진 마세요.
제가 장미꽃보다 더 예쁘답니다.

　님은 나에게 자유의 삶을 주었고,
　저는 님을 위해 제 머리카락으로 장례식 때 덮을 것을
만들고 싶어요.

　부자유의 족쇄에서 풀어주신
　님을 사랑하여요.
　노예가 되는 걸 막아주신
　님을 사랑하여요.

새와 유목민

타타르(러시아)

오, 우리 사막을 나는 새들아,
너희는 우리 형제라네.
집 없는 유목민인 너희야말로
우리와 같은 신세라네.

너희가 얼마나 많은 강을 건너 날아왔는지 누가 알까,
너희가 얼마나 많은 산과 강을 보았는지 누가 알까,
너희가 얼마나 많은 곳에 보금자리를 만들어놓았는지
누가 알까,
길이 보이지 않는 곳을 방랑하는 우리가 그러하는 것
처럼.

돌아와

무명씨(인도)

우린 너를 한 번도 비난하지 않았어. 한 번도 너에게
악한 행동을 하지 않았어,
우리에게 돌아와!
우리는 너를 늘 사랑했어, 언제나 귀엽게 대해주었어,
같은 지붕 아래 너와 함께 살았는데,
지금 우리를 떠나지 마!

비바람이 치는 낮과 밤이 가까워졌는데,
지금 떠나지 마!
불 꺼진 화로 옆에 우리를 외로이 놔두지 마,
우리에게 돌아와!

비가 오면 나무 아래서도 비 피할 수 없고,
태풍이 불면 버드나무도 너를 보호해주지 않아,
너는 네 집으로 돌아와!

집은 빗질을 해 깨끗하게 해놓았어.

집에선 너를 여전히 사랑해.

너를 위해 쌀도 준비했고, 물도 떠놓았어.

집으로 돌아와, 집으로 돌아와!

사냥꾼의 요청

부시맨(보츠와나)

불에 달군 황금 활을
나에게 가져다다오.
염원으로 만든 내 화살들을
나에게 가져다다오,
별들로 만든 나의 창을
나에게 가져다다오!
오, 구름들아,
이젠 흩어져라!

선원의 그리움

멜라네시아 주민(바누아투)

오, 바다의 정령이신 크바토여,

보트가 바다고래가 되도록 해주세요.

그것이 날아다니는 물고기나 독수리가 되게 해주세요.

그래서 보트가 성큼성큼 한 걸음으로

파도 위에서 아주 높이 치솟아 오를 수 있으면,

또 그것이 내 고향을 향해 미끄러졌으면,

그렇게 항해할 수 있게 해주세요.

선배들의 나라

에스키모(그린란드)

산에 올라

산꼭대기에 다다랐네,

숨이 턱턱 막히고, 힘도 다 써버렸네.

저 넓은 곳이 보이네.

바다가 보이네,

바위 같은 뾰쪽한 곳도 보이네.

해안에서 멀리 떨어진 곳에서

안개가 이는 모습도 보이네.

남쪽을 보니, 둔탁한 산맥이 보이고,

아버지가 사는 산맥이,

일가친척이 사는 산맥이 눈에 들어오네.

그곳에는 숙모들이,

사랑하는 삼촌들이,

조카들과 사촌들이 살고,

남쪽에는

정말 모든 친척들이
살고 있구나.
정말 너는
힘이 더 세어지고 대담해져도
여전히 나는 힘이 모자라고
약한 존재로구나.

샤먼의 기도

알타이 주민(러시아)

하얀 하늘 아래
하얀 구름 위로
파란 하늘 아래
파란 구름 위로
하늘 향해 날자꾸나.
오, 새여!

무당이 부르는 괴상한 노래

크바쿼우틀(캐나다)

나는 내 먹거리를 구하러
　온 세상을 돌아다녔네.

나는 좋은 고기를 구하러
　온 세상을 돌아다녔네.

나는 인간의 머리들을 찾으러
　온 세상을 돌아다녔네.

나는 시체들을 찾으러
　온 세상을 돌아다녔네.

무당의 저주

멜라네시아 주민(파푸아뉴기니)

아와 타타타타!
그자는 곧 숨이 넘어가네, 곧장 숨이 넘어가네!
그자의 얼굴은 죽은 사람의 얼굴처럼 창백하구나!
그자의 몸은 포톨라라는 어린나무의 시든 나뭇잎처럼
회색이구나,
그자는 불로 몸속을 지지고 있구나.
그자는 곧 숨이 넘어가네, 곧장 숨이 넘어가네!

그자는 저기 길이 합쳐지는 곳에서 죽게 될 것이고,
몸이 굳은 채, 의식을 잃어버린 채 쓰러지게 될 것이고,
마치 마른 나무 조각 같을 터.
그자는 곧 시체가 되리라.
그자는 이제 곧 숨이 넘어가네, 곧장 숨이 넘어가네.

라마 무당이 정령을 부르네

타타르(러시아)

정령이여, 저는 님을 알고, 님 또한 저를 잘 아십니다!
오랜 친구이신 님이여, 제게 와서 호의를 베풀어주세요!

물을 가져와서 제 잔을 채워주세요.
잔을 가득 채워 님의 위대한 가능성을 내보이세요.
저는 이 한 잔의 물을 돈으로 표현할 수 없음을 알아요.
하지만 괜찮아요, 제 요청을 들어주세요.
제 잔을 채워주세요.
나중에 우리가 갚을 기회가 꼭 있을 거예요.
그때 님의 것은 님이 모두 받을 거예요.
오, 전능한 친구인 님이여!

열망

안다만*(베트남)

엄마, 난 달콤한 과일을 먹어보고파요.

아들아, 가서 몇 개 따오렴,

숲에 가면 넌 그것들을 찾아낼 수 있을 거야.

엄마, 난 맛난 가재를 먹고파요.

아들아, 가서 몇 마리 잡아오렴,

강에 가면 넌 그것들을 찾아낼 수 있단다.

엄마, 난 이젠 장가가고파요

아들아, 이 어미도 시집가고픈데,

그이를 어디 가면 찾을지 모르겠구나.

---

* 안다만은 벵골만에 위치한 제도로, 바다를 통해 미얀마, 말레이 반도, 말라카 해협
과 접한다. 행정구역상으로는 인도에 속한다. 베트남에는 54개의 소수 민족이 있지
만, '안다만'이라는 민족은 없다. 이는 안다만 제도를 뜻하는 것 같다.(역주)

위대한 정령에게 드리는 간곡한 호소

누트카(미국)

오, 하늘에 계신 위대한 정령이여,
제 아이들과 아내에게
자비를 베풀어주세요.

가족이 저의 장례를 치르지 않도록 해주세요.
제게 적을 죽일 기회를 주시고,
승리한 증표를 들고 귀한 가족과 친구들에게 돌아올
수 있게 해주시어,
저희가 함께 기뻐할 수 있게
행운을 베풀어주세요.

제게 자비를 베풀어주시고, 저를 보호해주세요.
제가 그에 마땅한 보상을 꼭 하겠어요.

파차카막에게 기도함

케추아(페루)

오, 파차카막이여,
태초부터 존재해왔고,
이 세상 끝까지 존재하실,
강력하고 자비심 많은 님이여!

사람이 있으라! 라고 하시면서
사람을 만드신 님이여!
저희를 악마로부터 지켜주시고
저희의 생명과 건강을 보호해주시는 님이여,
어디 계세요?
하늘에 계신가요? 땅에 계신가요?
구름 속에 아니면, 햇빛 속에 계신가요?

님에게 기도하는 소리를 들어주시고.
또한 그 간청을 들어주세요.

저희에게 영원한 생명을 주시고, 저희를 지켜주세요.
저는 님에게 이렇게 조촐하게 공물을 바칩니다.

5부 □□□□□

곰신*과의 작별

아이누(일본)

어린 곰이여…. 오, 저 위대한 산맥의 정령이여.

사랑으로 우리는 너를 키워왔단다.

너는 이제 충분히 컸구나.

이제 너의 길을 더 가야 할 시기가 왔고,

위대한 여행을 할 시기가 왔고,

이제 신의 영역에서 신이 되어 사는

네 아버지와 또 네 어머니가 있는 곳으로

돌아갈 시기가 왔구나.

잘 가게나, 그들과 함께 살게나, 넌 이제 그럴 자격이
있어.

저 위대한 산맥의 정령이여,

우린 너에게 이 땅의 몸에서 벗어나는 자유를 준단다

너는 가거라, 네 길을 가라,

우리의 기념품을 가져가거라.

네 부모에게 곧장 가거라.

돌아서면 안 돼, 아무 것도 묻지 말거라,

귀신들이 우리가 준 선물들을 뺏어 갈지 모르니.

곧장 가거라, 위대한 정령이여, 가거라,

곧장 가거라, 어서, 다른 곳으로 돌아서면 안 돼!

신성한 화살들이 너의 이 땅에서의 옷을

자유롭게 할 준비를 해놓고 있으니.*

---

* 아이누족은 새끼 곰을 잡아 이를 아주 살갑게 키우는데, 여인들은 이 곰에게 자신
의 젖을 먹여 키우기도 한다. 나중에 의식을 치러 이 곰을 잡아 식용으로 먹는다.

땅의 정령에게 호소

아샨티(가나)

오, 땅의 정령이여, 아픔은 님의 것입니다.

오, 땅의 정령이여, 장례는 님의 것이 될 것입니다.

오, 땅이여, 유해는 님의 것입니다.

오, 땅이여, 제가 살아서는

님을 믿어왔어요.

님이여,

제 몸을 마침내 받아줄 땅이여.

축복

미크로네시아(길버트제도)

일어나세요, 오, 태양이여,

행복한 얼굴로 일어나세요.

일어나세요, 오, 태양이여,

우리의 조상님이여.

일어나세요, 나의 선조들이신

아우리아리아와 타부아리키 님이여,

오, 태양이여, 오, 신이여,

저의 창에 축복을 주십시오!

기도

갈라(에티오피아)

신이시여, 신이시여, 오, 위대한 신이시여,

당신 안에서 저는 낮과 밤을 보내고 있어요.

하늘은 파랗고, 하늘의 깊이는 순수하고,

하늘은 지지대 없이도 펼쳐 있고,

물감을 칠하지 않아도 찬란하네.

하늘은 구름을 흩어지게 하고,

별들을 흩어지게 하면서 유지되고 있네요.

오, 신이시여, 오, 신이시여, 나의 주인이시여,

당신께서 한번 부순 것은 다시 세우지 않고

당신께서 아무개를 죽여도, 그 죽임에 돈으로 보상하

지 않아요.

당신께선 필요 없이 아무도 죽이지 않고,

당신께서 주실 때는 아낌없이 주십니다.

오, 이 땅의 정령이자, 저의 주인이시여,

당신께서는 제 위에 계시고, 저는 당신 아래 있어요.

불행이 제게 닥쳐왔을 때,

나무들이 저를 태양으로부터 보호해주듯,

저를 불행으로부터 지켜주소서!

오, 저의 주인이시여, 저의 보호자가 되어주소서.

오, 신이시여, 오, 제 주인이시여,

서른 줄의 광선을 가진 태양이여!

외적이 쳐들어오면, 그때,

외적이 이 땅에 사는 당신의 미물을 죽이는 것을 허락
하지 마시고,

외적으로부터 저희 미물을 지켜주소서.

저희가 이 땅의 미물을 보게 되면,

만일 저희가 원해서, 이를 밟을 수 있다 해도,

만일 저희가 원하면, 저희는 이 미물을 용서할 수 있
어요.

오, 신이시여, 당신의 손 안에 선과 악이 있으니,

저희를 죽이도록 놔두지 마시기를,
당신의 미물들은 간청하옵니다.

어린 풀

케추아(페루)

마술의 산이여,
제게 그 약을 주셔요,
　　수도 없이 불행한 이들에게
　　필요한 그 약을 주셔요.

신성한 아비지시여, 찌푸리아노여,
신과 협력해 사는 님이여,
　　어린 풀을 꺾는
　　제 손을 보호해주셔요.

신성한 찌푸리아노여,
기적을 행하는 성인이여,
　　님의 청춘과 영광을 위해
　　제게 님의 힘을 주셔요,

신성한 찌푸리아노여,
제게 보여주셔요.
　　제가 찾는 어린 풀을
　　제 앞에 보여주셔요.

어머니와 딸

미크로네시아(길버트제도)

머리 장식으로
이렇게 기름을 발라서
같은 또래 아가씨들 중에
너를 가장 아름답게 만들리라.

너는 연상의 수많은 청년의 마음을 얻을 것이고,
너는 전사들의 마음을 얻을 것이야.
그들이 너를 한 번 보기만 하면,
감동으로 네 이름 다시 부르게 될 거야.

너는 태양의 아이가 되고,
네 두 발은 높은 곳을 밟고,
너의 마음은 타오를 것이고,
너의 몸은 빛나리라.
네 얼굴은 매력 속에 위엄도 지니고,

네 말은 명령이 될 것이고, 네 말에 사람들은 판단하게 될 것이고,

네 이름만 사람들의 입술에 오르내리리라.

오직 네 이름만.

이로써 나는 기도를 마친단다. 해가 이미 떴구나.

저희 말을 들어주세요

갈라(에티오피아)

저희 말을 들어주세요, 나이 많으신 신이여,

저희 말을 들어주세요, 태초의 신이여,

저희 말을 들어주시려고 신께서는 귀가 있지요!

저희를 한 번 쳐다봐 주세요, 나이 많으신 신이여,

저희를 한 번 쳐다봐 주세요, 태초의 신이여,

저희를 보살펴 주시려고 신께서는 눈이 있지요!

저희를 한 번 안아봐 주세요, 나이 많으신 신이여,

저희를 한 번 안아봐 주세요, 태초의 신이여,

그러려고 신께서는 두 팔이 있지요!

만일 신께서 아름다운 말을 여러 필 좋아하신다면, 이렇게 신을 위해 준비합니다!

만일 신께서 아름다운 여인들을 좋아하신다면, 이렇

게 신을 위해 준비합니다!

　만일 신께서 아름다운 노예들을 좋아하신다면, 이렇
게 신을 위해 준비합니다!

　저희 말을 들어주세요, 오, 신이여,

　오, 신이여, 저희 말을 들어주세요.

메마른 땅

나바호(미국)

여기를 봐 주세요, 오, 신들이시여, 이 땅이 메말라 있어요.

저희는 하얀 석회로 우리의 몸을 칠했어요.

보세요, 저희는 손에 마른 가지들을 들고 있어요.

온 땅이 메말라 가고 있어요.

바닷조개들과 거북의 등가죽을

저희는 목에 걸고 있어요.

마치 이것들이 물의 상징인 것처럼 말입니다.

저희는 몸을 작은 터키옥 조각으로,

하늘색 또는 먼 바다색으로

또 눈같이 하얗고 신성한 면화로 장식했어요.

솜털이 신들이 계시는 방향으로 일고 있어요.

저희 기도와 함께,

또 저희는 신들을 위해 춤을 추고 있어요.

저희는 신들을 위해 저희 몸을 치장했어요, 저희는 신들을 위해 춤추고 있어요.

저희에게, 오, 신들이시여, 비를 내려주세요!

저주

미크로네시아(길버트제도)

마레바의 난로 속의 재를

나는 북으로 쫓아내오,

나는 서로 쫓아내오,

나는 남으로 쫓아내오,

나는 동으로 쫓아내오.

오, 불의 정령들이여, 돌의 정령들이여,

나는 쫓아내고, 혼돈스럽고, 서로 섞었답니다.

악취를 가져가주오, 구역질나는 오물을 가져가주오,

증오심을 가져가주오.

당신의 위장도 아파 봐라. 비리보, 비리보여,

화를 크게 내어주오!

마레바의 난로로 만든 음식에서 오물 냄새가 납니다.

그것은 저주받은 구역질의 오물입니다. 티키-티키-틱.

조상 이나가 티니라우 섬을 발견하다

폴리네시아(통가)

이나는 나무처럼 외롭구나.
그녀는 바람에게 불평했네.
이나는 물고기들에게
그들의 등에 태워 달라고 도움을 요청했네.

그녀는 바다 건너 저 멀리
티니라우라는 왕의 섬으로 안전하게 데려가 달라고
자신만만해 하는 상어에게 요청했네.

저기 봐요, 이나가 그 신성한 섬으로 가는 도중에
순진무구하게 떨고 있는 이나의 요청에 복종했고,
이나가 상어 머리로 야자수 열매들을 깨부수는 것을
허락했던,
그 상어의 머리가 박살나 있음을.

이나는 북을 약하게 두드리네.
티니라우 섬은 이나의 북소리에 그만
감탄했다네.

생각들

케추아(페루)

만일 키푸*의 매듭들의
수효를 헤아릴 줄 모르면서
저 하늘 별들의
수효를 세기 시작한다는 것은 미친 짓이네.

* * *

성인이 됨은 약탈한다는 것이네.
약탈하면 사형 선고를 받는다네.

* * *

권한 없는 이가 사람을 죽이면
그이 자신이 사형 선고를 받게 되지.

* * *

입증이란 약한 성격으로
화내는 것이네.

* * *

시기심이란 내장을 가르는

산산조각 난 유리와 같네.

만일…

도로보(케냐)

만일 토탄土炭이 스스로 잘려진다면
만일 물고기들이 스스로 뭍으로 올라오게 된다면,
나는 그때 조용히 등을 땅에 대고 하늘을 향해
반듯하게 누워 쉬기만 하면 되네,
끊임없이 쉬기만 하면 되리.
오이치… 오이치!

의심

아즈텍(멕시코)

이제 우리는 마음에 용기를 잃지 말자!

진실을 두고도 사람들은 그게 진실이 아니라고 말한다.

생명을 창조한 그 분조차도 경멸을 나타낸다.

그러나 지금 우리는 마음에 용기를 잃지 말자!

나는 이 땅, 여기서 행복하지 않다.

그렇게 나는 태어났고, 그런 인간이 되었구나.

나는 평생 불행들만 보아왔다네.

우리는 생명의 창조자가 결정한 대로

내일이나 모레 그의 집으로 떠나갈 것이지만,

친구들이여, 그때까지 우리는 즐겁게 지내자!

권한이 있는 것과 아는 것

티베트(티베트)

큰길에 서 있는 경계석은
어느 거인의 것이지요.
거인의 돌을 깬다는 것은 어렵지요.

산비탈의 검은 바위는
물의 정령의 것이에요.
정령의 바위를 건드리는 것은 어렵지요.

붉은 나무 캬르타는
공중 정령의 것이에요.
공중 정령의 나무를 자르는 것은 어렵지요.

저 평원의 흰 대나무는
대나무 정령의 것이에요.
정령의 대나무를 가져가기란 어렵지요.

거인의 돌을 깨부술 순 없어도

　난 알아요,
그 돌을 잘게 빻는 방법을.

물의 정령의 검은 바위를 건드릴 수 없어도

　난 알아요,
그 검은 바위를 잘게 자르는 방법을.

캬-르타, 공중귀신의 나무는 잘라버리면 안 되지만,

　난 알아요,
그 나무를 여러 조각이 나게 도끼질하는 방법을.

정령의 것인 하얀 대나무를 건드릴 권한이 내겐 없지만,

난 배워서 알게 되었어요,
그걸 어떻게 옮겨 심는지를.

가장 달콤한 것은

소토(레소토)

이 세상에서
달콤함으로 따지자면
그 어떤 것이라도 이기는 것이 있다
그것은 벌꿀보다도 더 달콤하고
소금보다 더 달콤하고
설탕보다도 더 달콤하고,
이 세상의 모든 존재보다 더 달콤하다.
그것은 바로 잠이다.

당신이 잠을 자는 동안에는
아무 것도 당신을 방해할 수 없고,
아무도 당신이 잠드는 것을 허락하지 않을 수 없다.
잠이 당신을 지배하기 시작하면,
당신의 잠을 방해하러
수많은 사람이 올 수 있어도,

아무리 그들이 방해해도

당신은 잠에 빠져들게 될 것이다.

어둠 속에 있게 하라

제주루(짐바브웨)

어둠 속에 있게 하라!
  그걸 자네 아내에겐 말하지 말게,
  자네 아내는
  연기를 내는 나무줄기라네.
어둠 속에 있게 하라!

어둠 속에 있게 하라!
  또 그걸 자네 아내에겐 말하지 말게,
  자네 아내는
  바람 속에서 휘파람 소리를 내는 항아리일세.
  또 갑자기 "뺑!"하면
  저 멀리서도 들리고, 다시 메아리가 되네.
어둠 속에 있게 하라!

충직한 덫

이보(나이지리아)

오, 어린 양아, 어서 내 소금을 다오!
장터 사람들이 내게 소금을 주었지.
장터 사람들은 내 과일을 먹었고.
네게 과일은 준 이는 과일 따는 사람이었지.
과일 따는 사람은 내 삽을 깨뜨렸고.
내 삽은 대장장이로부터 얻었지.
대장장이가 내 마를 먹어버렸고.
마는 안노인으로부터 받았지.
안노인은 나의 새를 잡아먹었고.
새는 내가 놓은 덫에 잡혔지,
그런데, 그 덫은 아무 보상 없는
나의 착하고 충직한 덫이었네.

대화

바탁(인도네시아)

끓인 밥은
으깰 필요 없듯이,
이미 뱉은 말은
바꿀 수 없네.
 * * *
돼지고기가 아주 맛있구나,
특히 구운 것이.
더 맛난 것은 친구와의 대화일세.
뭐든 오가는 대화.

마지막으로

베르베르(모로코)

남자 친구가 지금 오네
마지막으로 내게 작별하러.
나로서는 그이 손을
마지막으로 잡는 것이 그렇게 어려워요!
길이 보이지 않는 태산을
오르는 것도 똑같이 어려워요.
뜨거운 눈물이 두 손등에
떨어지는군요.

아들들은 저 멀리 가 있고

마오리(뉴질랜드)

외로이 나는 앉아 있네. 내 가슴이 흔들리고 찢어지는
구나!

오, 내 아들들아, 너희 때문에!

내 머리는 슬픔의 무게로 가늘 길 없네.

가지 많은 나무에 열매가 무두질하듯 달려있구나.

아들들아, 너희 때문에 나는 소나무의 둥근 솔방울처
럼

등이 굽었네.

너희들은 지금 어디 있니? 그 유쾌하던 젊은 너희들은
어디 있니?

끊이지 않은 파도에 아이들은 더 멀리 가 버렸네.

나는 나무들이 있는 이 평원에 앉아 슬픔에 잠겨 있
네.

저 밭들아 삭막해져라, 저 싹은 시들어버려라.

태양은 이젠 빛으로 저들을 건드리지 않을 것이니,

196

산도 이젠 저들을 보호해주지도 않아!
우리 기쁨에 동참한 우리 마을의 저 산들,
거친 남풍을 막아주는 들판의 보호자들,
저 공포의 귀신인 남자가 우리를
저 우울하고도 어둔 집 안에 가둬놓았네.
사람들은 계속 자기 일에 서두르지만,
일과 대화 속의 만사가 내겐 낯설어,
모든 것, 모든 것은 내 안에서 텅 비었구나.
왜 저 달은 빛나지 않는가?
저 달은 하늘로부터 유배당한 것인가?
나의 민감한 식물들이여, 왜 시드는가?
그렇게 잔인하게 벌줄 만큼
우리는 무엇으로 깊이 신들을 괴롭혔는가?
신들은 우리를 절망 속에 빠뜨리기를 원하는가?
또 날지 못하는 모아오* 새처럼

그 존재로부터 우리가 씻겨나가길 원하는가?

---

* 한때 뉴질랜드에 살았으며 지금은 사멸한 거대한 타조 비슷한 새의 일종.

나는 삭막한 땅을 내려다보네

쿠니(파푸아뉴기니)

저녁에 귀뚜라미는 여전히 울고,
나는 우울하게 저 땅을 내려다보네.
어디선가 샘은 중얼거리고,
내 옆의 강의 급류는 대답하네;
아푸나라는 저 새는 노래하고,
태양이 지는 동안에도 저 새는 노래하네,
나는 어쩔 수 없이 삭막한 저 땅을 내려다보네.

외로움

케추아(페루)

오두막에서 나는 외로이
밤새 울고 있네.
나는 내 눈을 향해 말하네:
울음을 멈추어라,
눈물을 더 이상 뿌리지 말라.
그래도 두 눈은 울고 또 우네
끝없는 어둠 속에서.

두려움

멜라네시아 주민(파푸아뉴기니)

선조들은 두려움이 다시
사람의 마음속에 나타난다고 하셨네.
사람이 어둠 속에서, 달 없는 밤에
야자수와 종려나무 숲을 지나며 방황할 때.
악마가 사람들을 몰래 쳐다보고는
종려수 잎사귀들을 흔드네.
그건, 왜냐하면, 사람이,
사람이 되기 이전엔,
필시 물고기였음이야.
물고기들은 가장 약한 소리에도
떨게 되니 말이다.

6부 □□□□□□

집에서 멀리

마오리(뉴질랜드)

바이카토 강물은
물결치고 웅웅거리네;
나는 저 강의 급류로 밀려
고향 땅에서
멀어져버렸네.
오, 카브히예의 물이여,
너는 저 멀리 있구나.
길이 끊어져 나는 여기 서 있네.
저 물이 빨리 흐르듯,
눈물은 내 뺨을 흠뻑 적시네.

사냥꾼 은코야

팡(카메룬)

나, 은코야는 너에게
배고픈지 묻는다.
배고픈 모든 이에게 말한다:
사냥꾼 은코야인 내게
오세요.
이곳에 언제나
맛난 먹거리가 있어요.
오세요, 은코야가 여러분을 초대해요.

할아버지와 나

아니쉬나베(미국)

할아버지와 나는
이야기했네.
할아버지는 노래하시고,
나는 놀이에 열중하네.

할아버지는 나를 가르치시고,
나는 듣고 있네.
할아버지 돌아가시던 날,
나는 울음을 터뜨렸네.

나는 저 어둠의 세상에 계시는
할아버지 만나 뵈려고
인내심으로
오래 기다리고 있네.
나에겐 할아버지가

아니 계신다네.
인내심 어린 이 기다림
외로움으로
나를 힘들게 하네.
나는 울고, 울고 또 우네.
나는 다정하시던 할아버지를
언제 또 뵐 수 있을까?

나는 외롭게 있구나

베르베르(모로코)

나는 외롭게 있구나.

왜냐하면 나의 그리움이 이제 막 잠들었어.

내 그리움이 다시 깨어나면

나는 계곡으로 눈길을 돌릴걸.

나는 물을 길으러 우물로 갔지만,

우물 또한 외롭게 있구나.

나는 불을 피워

누군가 추운 몸을 덥히려고 올까 하는 희망을 가졌지;

허나 그 희망은 나를 저버렸네.

나는 노래를 부르기 시작했으나,

목소리의 대답도 들리지 않았네.

그때 외로움 참지 못하고 나는 울음을 터뜨렸다네.

나는 나와 나의 유목텐트를

함께 나눌 누군가를 찾으러 출발했다네.

그런데 아직도 나는 찾고 있다네.

코디오의 슬픔

바울레(가봉)

그곳에는 여자 셋과
남자 셋과 내가 있었지.
내 이름은 코디오 앙고.

우리는 일을 구하러 도시로 가고 있었지.
도중에 나는 내 아내를 잃어버렸네. 아내 이름은 나나무.
아내를 잃어버린 이는 나 혼자.
내게만 사고가 일어났네.
세 남자 중에서 가장 힘센 나에게만
그런 불행이 닥쳐왔네.
내가 아내 이름을 불렀으나,
아내는 도로에서, 달리는 병아리처럼 안타깝게 죽었
구나.
어떻게 장모님께 말해야 하나?
이 코디오의 통한을

어떻게 장모님께 말해야 하나?

어떤 날인가!

요루바(나이지리아)

아침 기운 속에서 마를 빻는 소리가

들리지 않을 때, 어떤 날인가!

거칠게 찧은 곡식을 체로 골라내는 소리를 내가 들으

려 해도

들리지 않을 때, 어떤 날인가!

항아리에 토끼와 새로 만드는 수프가 끓는 소리가 내게

들리지 않을 때, 어떤 날인가!

집주인이 가난의 그늘 아래

깨어났을 때도 어떤 날인가!

그이는 돌아올까요?

투파리(브라질)

내가 옥수수술을 표주박에 부으면,
이 술은 소리 나는구나: 똑, 똑, 똑,
이 술은 소리 나는구나: 똑, 똑, 똑,
남자 친구가 저 멀리 떠나는구나.
언제 그이는 돌아올까?
언제 그이는 돌아올까?

물은 강을 따라 흘러가면
돌아오지 않는 법
어이–어이–어이, 떠나가는구나,
이젠 돌아오지 않는다네.

도전

에스키모(그린란드)

도전하는 이:

지금 나는 네 못된 행동 때문에

네게 대항해 억지로 노래를 부르게 되었어.

용감한 할머니의 손자가 나를 불러냈어.

정직한 어머니의 아들이 나를 불러냈어.

바로 그 어머니의 악당 같은 아들이

바로 그 어머니의 가증스런 아들이

바로 그 어머니의 아들이, 아무 짝에도 쓸모없는 녀

석아!

우리가 아직 어렸을 때,

너와 나 둘이었지,

너는 내가 만나는 소녀들마다

꼬시려고 했지.

하지만 너와 계곡으로 함께 가려한 이는

한 사람도 없었어.

이유는 네가 너무 못났기 때문이야.

네 아내 모두 못 생겼어,

네 아내 모두 성질이 더럽고

네 아내 모두 정리정돈이라곤 모르거든.

그런데 너는 왜 그리 아내가 많아?

그들을 먹여 살리지도 못하는 너는

사냥도 할 줄 모르지,

그건 네가 곰을 무서워하니 그렇지.

네가 작살을 던질 때면,

카약*이 뒤집어지니,

너는 스스로 물에서 올라와야 하지.

도전을 받은 이:

(사람들은 이 도전받은 이가 공중에 자신의 칼을 번개처럼 휘두르

고는 자신의 도전자를 산산조각 내기를 기대한다.)

　　용감하기도 하네, 친구야,

　　아름다운 네 노래 참 잘 늘어놓네!

　　이젠 나는 집에 가봐야 하거든,

　　집안 식구들이 나를 기다리거든.

---

* 에스키모인들의 수렵용 작은 가죽배.(역주)

누구

부시맨(보츠와나)

아침 햇살에

서 있는 저 이는 누구인가요?

자신의 긴 그림자를 보이며

서 있는 이는 누구인가요?

이른 아침에 생겼다가

해와 함께 사라지는 저 그림자는 누구의 것인가요?

집을 떠나 또 자기 친구들에게서 멀리

여행하는 이는 누구인가요?

순경도 두려워하지 않고, 원주민도 두려워하지 않고

붉은 옷의 백인 유럽 사람을 두려워하지 않는 이는 누구인가요?

저 그림자의 맨 머리에 모자를

놓아두는 이는 누구인가요?

오, 그이는 바로 부시맨의 아들인 나라구요.

그래요, 내가 바로 그 사람입니다!

사육제의 막대 싸움

물라토(트리니다드토바고)

오, 신이여, 막대로 싸우는
운명의 영광스런 아침이 왔어요.
어머니께서 나를 낳으신 뒤로는,
날 이긴 이는 아무도 없었지,
막대 싸움에서.

싸움 잘하는 이

비닌(나이지리아)

우리 마을을 위해 싸워줄 이 누구일까?

　오카포라는 이가 우리 마을을 위해 나설 것이다.

그이는 백 명의 사람과 싸워 이겼을까?

　그이는 사백 명의 사람도 이겼어.

그이는 백 마리의 고양이들과 싸워 이겼을까?

　그이는 사백 마리 고양이도 이겼지.

그럼 그이에게 우리를 위해 싸워달라고 하자.

아버지는 이제 저희들과 함께 계시지 않아요

바나(카메룬)

난 알아요, 아버지, 당신은 좋은 분이셨어요.
당신은 저희를 사랑해주셨고, 저희를 위해 일하셨고,
저희를 위해
이 세상과 하직 인사를 하셨어요.

하지만, 저희가 당신의 유해를 저 숲 그늘에 묻은 뒤로,
당신은 저희에게서 등을 돌리셨어요. 이제 저희와 함
께 계시지 않아요.
폭풍우에 저희 바나나 나무들이 뽑히고,
어린 누이는 병들었어요.
늙으신 어머니는
더 이상 물을 길어올 수 없고,
하이에나들은 밤이 되면
저희 암탉들을 훔쳐가요.

난 알아요, 아버지, 당신은 좋은 분이셨어요.
하지만 당신께서 저희에게 등을 돌렸다는 것도 알아요.
당신께서 이제 저희와 함께 계시지 않은 뒤로
당신은 나빠요.
모든 게 바뀌었어요.

한 방향으로 난 길

나바호(미국)

그러게요, 아버지.
당신은 저희를 외롭게 이 땅에 남겨 두셨어요.
그리되어도 당신은 곧장 당신의 길로 가세요.
더 이상 당신 아이들을 돌아보진 마세요.

왜냐하면 당신의 인생길은
한 방향으로 난 길이니까요.

저희도 언젠가는
당신 발자취를 따라갈 거예요.
그리고 저희는 야흐-카흐라고 불리는 저 세상에서
당신을 찾아뵐 거예요.

장송곡

아샨티(가나)

저는 이제 고아가 되었어요.
제가 아버지의 죽음을 생각하면
눈에서 눈물이 쏟아집니다.
제가 어머니의 죽음을 생각하면
눈에서 눈물이 쏟아집니다.

저희는 행진합니다. 저희는 행진합니다. 어머니 타냐,
저희는 끊임없이 행진합니다. 이제 곧 밤이 올 테니,
장례의 슬픔을 안고 저희는 행진합니다.
저희는 쉼 없이 행진합니다.

그분이 오셨네

나바호(미국)

나의 적들 중 한 명은
억수 같은 화살을 피해
억수 같은 바위를 피해
억수 같은 곤봉들을 피했지만
피 묻은 머리를 안고
생명의 끝에 당도했네.

죽음의 신

요루바(나이지리아)

그분은 오른쪽에서 죽이고 왼쪽에서 파괴하네.

그분은 왼쪽에서 죽이고 오른편에서 파괴하네.

그분은 집에서 놀라게 하며, 들판에서도 놀라게 하며
죽이네.

그분은 아이가 가지고 노는 쇠로 아이를 죽이네.

그분은 고요 속에 죽이네.

그분은 도둑도 죽이고, 장물애비도 죽이네.

그분은 노예도 죽이고, 내빼는 노예의 주인도 죽이네.

그분은 집주인도 죽이고, 그 죽음의 피를 벌린 아궁이
위로 쏟네.

그분은 양쪽에서 꼭꼭 찌르는 바늘이네.

그분에겐 물이 있어도, 그분은 피로 씻네.

내가 만일 죽으면

바쿠바(콩고민주공화국)

뾰쪽한 침이 없는 바늘이란 존재하지 않네.

날카로운 칼날 없는 면도칼은 없네.

죽음이란 많은 모습으로 도착하네.

우린 두 발로 염소의 땅을 밟고 섰네.

우린 두 손으로 신의 하늘에 닿을 수 있네.

더운 여름날 대낮에,

사람들은 죽은 이의 마을을 지나 어깨높이로 나를 데려가겠지.

내가 만일 죽으면, 숲 속 나무 아래 묻지 마오.

그 나무 가시들이 무섭거든요.

내가 만일 죽으면, 숲 속 나무 아래 묻어두지 마오.

그 나무에서 떨어지는 물방울이 무섭거든요.

공터의 나무 그늘 아래 나를 묻어주오.

나는 북소리를 듣고 싶어요.

나는 춤꾼들이 단단히 내딛는 발걸음 소리를 느끼고
싶어요.

절망의 나라

부시맨(보츠와나)

이곳이 내 고향땅인가,
아니면 내가 핥아야만 하는 땅인가,
또 나의 쉼터인가?
왜 나는 저 탁자에서 밀쳐졌는가?
오, 이 땅의 주인들이여.

나는 고향 사람들의 사랑에서 멀어진 채
외로운 들짐승처럼 살아가야만 하는가?

작별이네, 고향의 푸른 들판이여,
나는 들판을 지배하는 폭력 앞에 고개를 숙이네.
나는 절망의 땅인 그대 앞에 고개를 숙이네.

그대, 죽음이여, 우리의 위대한 친구여,
나를 그대의 가이없는 영토 안으로 받아주오.

이 세상에서의 행복은 나에게서 내뺐고,

그러나 인생은 그곳의 고통에서 벗어나게 하리니.

오라, 오, 내 죽음, 그대에게 간청하니, 나는 그대를 기
다린다네!

문을 열어다오, 무덤이여, 또 나를 받아주오, 이미 난
왔다네!

이 세상에서 나를 해방시켜다오, 오, 창이여, 나는 이
제 피곤하다네!

네짜왈코요틀의 경고

아즈텍(멕시코)

친구들이여,

아무도 여기선 우울해하지 마오!

이 땅이 누군가의

집이 될 수 있나요?

아무도 이 땅에 남을 수 없네요.

　* * *

케쌀 새의 깃들조차도 찢어지고,

색깔도 바래고

꽃들은 시드는구나.

　* * *

존재하는 것이면 뭐든

그이의 집으로 돌아가고,

그렇게 우리도

오, 생명의 창조자여,

잠시 동안만

그대 옆에 존재하는구나.

바퀴

나바호(미국)

바퀴들은 돌고 도네,
그것들은 돌고, 주변에서 돌고 도네.
녹슨 그림자들은 언저리로 밀쳐지고,
회전목마 안으로 함께 모이고,
아무 것도 그것들 뒤에 남지 않네,
움직임과 시간만 빼고는.

운반의 끈은 둥글게 굴러가고
그 그림자는 바퀴들 사이에서
검은 길을 창조하네.
둥글게, 둥글게
바퀴들과 끈은
굴러가네.
무섬 없는 그림자는 돌고 도네.

희생

멜라네시아 주민(길버트제도)

오, 태양이여, 오, 달님이여, 여기 님들의 먹거리가 있
어요.
이것은 우리 종려수나무의 첫 과일입니다.
아직도 자라는 위엄스런 나무의 첫 과일입니다.
이것은 우리 종려수나무의 첫 과일입니다.

이것은 마탕카, 티투아비네, 타부아리키, 타베네이, 리
키키 정령들,
님들의 먹거리입니다.
이것은 우리 종려수나무의 첫 과일입니다.
우리는 우리 과실나무 아래에서 행복합니다.
축복과 평화는 우리의 것입니다.
축복과 평화입니다.

위험한 곳

아파치(미국)

세상은 인디언들의
삶에는 위험한 곳이네,
나의 부족민들이여, 나와 함께 가요.
안전한 곳으로 여러분을 데리고 가리다.
그곳, 저 물 아래,
그곳은 매력적인 곳이랍니다.
그곳은
인디언들이 안전하게 살 수 있게 만들어져 있어요.
그곳엔 백인 유럽 사람들이 뒤따르지 않아요.

왜?

바데보(라이베리아)

고통이 우리 부족에게 닥쳤을 때
우리는 여기에 있었답니다.
그건 얀시*가 우리 땅으로 들어섰기 때문이에요.
그 자가 우리 남편들과 형제들을 데리고 갔어요,
그들을 배에 태워 나나 포**로 데려갔고,
그곳에서 그들은 죽어갔어요.
그곳에서 그들은 죽어갔어요.

우리에게 말해요,
얀시, 왜?
얀시, 왜?
바데보 부족의 여인들은
남편이 없는지를.
얀시, 왜?
바데보 부족 여인들은

형제도 없는지를.

얀시, 왜?

어머니들, 아버지들, 아들들은

그들이 돌아오기를 기다리며 죽어갔어요.

얀시, 왜?

---

* 백인을 가리키는 말.
** 아메리카를 가리키는 말.

약속된 곳

나바호(미국)

저 약속된 곳은 나바호 인디언들을 위한
외로운 곳인가?
아니, 전혀 그렇진 않아!
하늘은 햇빛이 충만하고,
밝고 푸르고,
아니면 회색으로 비 내리네.
나날이 자연의 방식대로
유쾌하네.

이곳은 절대로 고독한 곳일 순 없어.
나바호의 집이
작다고, 가난하다고?
아니, 절대 그렇진 않아!
그 안에는 사랑이,
건강한 웃음이,

끝없는 이야기가 들려오지.

하지만, 가장 중요한 것은

그것이

대문이 열려 있는,

모두를 위한 공간인 집이라는 사실

성채조차도 그렇게 더 많이 가지진 못하지.

엮은이의 말

　전 세계 여섯 대륙의 수많은 오지를 탐험하면서, 나는 아주 다양한 문화발전 단계에 있는 여러 원주민 부족들을 만났다. 그들과 일상생활을 함께하며 언어를 배울 기회도 있었다. 그들의 물질적 삶은 물론이거니와 정신적 삶에 대해서도 이것저것 접할 수 있었다.

　나는 몽골 유목민의 텐트 속에서 마유주를 마셔보았고, 아마존 원시림에서는 종려나무에 사는 아리쿠리라는 벌레도 먹어보았다. 뉴기니에서는 사고야자나무 줄기로 만든 빵을 먹었으며, 아프리카에서는 구운 개미를 먹는 법까지 배웠다. 그러면서 나는 그런 먹거리들의 진수를 알 수 있었다. 아울러 탐방하는 곳마다 '삶'이라는 문제와 이를 대하는 소집단들의 철학을 이해하려고 애썼다.

　또 그곳의 축제 때나 일상에서도 나는 원주민들이 혼자서 또는 무리지어 부르는 노래를, 즉 자신들의 전설이나 역사적 사건들을 읊은 운문 서사시와 자신들의 감정을 간결하게 목가적으로 표현한 노래를 들을 기회가 많았다. 그런 노래를 들을 때마다 나는 문화의 시각에서 보면 상대적으로 낮은 발전 단계에 있는 그들이 자신들의 좁은 울타리 너머의 다른 세계와 만나지 않고도 자신들의 수수한 언어로 감정을 자유로이 표현하는 데 감탄하지 않을 수 없었다. 그래서 내겐 때때로 그들이 입으로 전하는, 아직까지 글로 표현되지 않은 시와 노래를 메모하는 습관이 생겼다. 원주민의 시와 노래는 대개 자기들이 속한 부족 전체 혹은 씨족의 문화유산이지만, 때로는 어떤 개인이 특정한 감정이나 상황에서 생긴 영감을 입으로 소리 내어 표현한 것이기도 했다.

나는 원주민들과 처음 만날 때부터 나를 초대한 부족의 언어를 기꺼이 배우면서 친해지려고 애썼다. 그런 노력 덕분인지, 통역의 도움을 받아 소통할 때는 여간해서 얻기 힘든 표현의 뉘앙스를 파악할 특별한 기회가 더러 생기기도 했다. 그래서 나는 원주민들이 무람없이 말하는 시들도 메모할 수 있었다.

나는 그렇게 기록해둔 원주민의 시들을 오랫동안 발표할 생각일랑 하지 않았다. 이 시들을 발표하는 것이 나를 기꺼이 반겨준 그들을 배신하는 게 아닌가 하는 생각마저 들었다. 달리 보면, 이 시들이 그 사회가 처한 상황에 대한 설명이 생략된 채 자비심 없는 중립의 종이에 인쇄되어 발표된다면 독자들이 전혀 낯설어 할 수도 있을 것이고, 때로는 고작 일부만 이해될 수 있겠다는 걱정도 들었다. 나는 그런 걱정을 덜기 위해 이 시집에 실린 시들 중 세 편을 골라 설명을 덧붙이고자 한다.

먼저 「사랑노래 주고받기」는 내가 카트만두의 어느 시골길에서 듣고 메모한 것이다. 무논에서 하루 일을 마친 아가씨들이 집으로 돌아가고 있었다. 잘 빗은 검은 머리에 꽂은 붉은 꽃들은 아가씨들의 햇볕에 그을린 얼굴과 그들이 입은 다채로운 빛깔의 무명옷과 잘 어울렸다. 그때 맞은편에서 아가씨들을 향해 다가오는 청년이 여럿 있었다. 그들은 인사도 생략한 채 아가씨들에게 큰 소리로 "잠시 쉬었다 가요!"하고 제안했다. 아가씨들은 살짝 웃으며 어느 구덩이가 파인 땅의 가장자리에 앉았고, 청년들도 맞은편 나무둥치에 차례로 앉았다. 한 청년이 어떤 아가씨의 이름을 부르자 그 아가씨가 대답했다. 그러자 그는 곧 이렇게 말했다.

"사를라, 난 당신에게 노래를 불러주고 싶어요!"

청년이 노래를 부르기 시작했다. 자신이 관심을 둔 아가씨가 아름답다는 내용의 노래가 끝나자, 아가씨가 답가를 했다. 그렇게 노래 주고받기가 이어지자, 길 가던 사람들도 관심을 보이며 멈춰 섰다. 나중에 확인해 보니 서른 명이나 되는 사람들이 노래를 듣고 있었는데, 그들은 즉흥적으로 주고받는 그 노래들이 좋은 결실을 가져오기를 진심으로 기대하고 있었다.

노래 부르던 그 청년이 아가씨의 마음에 든 것이 분명했고, 그녀 또한 청년의 마음에 들기 위해 갖은 애교를 보였다. 아가씨가 노래할 때 형식상으로는 청년의 마음을 받아주지 않는 듯했지만, 그 광경을 지켜보던 사람들은 아가씨가 그런 점을 크게 마음에 두지 않고 있음을 눈치챌 수 있었다. 아가씨 차례에서 그녀가 마침내 답가를 더 할 능력이 없는 체하며 머뭇거리자, 노래하던 청년과 지켜보던 사람들의 마음은 오히려 가벼워졌다. 앳된 웃음을 보이며 눈길을 아래로 내려뜨린 채 있던 아가씨는 맞은편에서 청년이 부를 마지막 노래를 기다렸다. 그 노래는 이러했다.

그대가 말하지 않아도, 오, 매력 만점 아가씨여,
흥분한 이 내 마음은 따뜻해져요.

아무 대답하지 말아요,

내일 그대 어머니께 바칠 결혼 예물을 준비할 테니 기다려주오.

실제로, 이와 같은 사랑노래 주고받기가 늘 행복하게 끝나는 것은 아니다. 다른 경우도 보았으니, 여기에 함께 소개하고자 한다. 그때는 이러했다. 어느 길에서 한 아가씨가 어머니와 다른 자매와 함께 있었다. 아가씨가 청년의 노래에 답가를 생각하고 있는 동안, 어머니는 노래 부르는 그 청년을 유심히 바라보며 평가했다. 마침내 그 청년이 사윗감으로 적당하지 않다는 판단을 했는지 어머니는 딸에게 그만 끝내라고 신호를 보냈다. 그러자 아가씨는 이런 답가를 불렀다.

마을에는 많은 사람들이

치마를 입고, 코에 고리*를 달고 있어요.

그이들 중에서 계속 찾아봐요.

---

* 아시아의 일부 주민들은 코에 고리를 착용함으로써 여성임을 나타내고, 남자들은 자주 귀에 반지를 착용하기도 한다.

그중 한 사람은

분명 당신이 찾는 사람일 거랍니다.

그렇게 마지막 노래를 한 뒤, 아가씨는 어머니의 보호 아래 서둘러 자리를 떴다. 당연히 청년은 더 이상 노래를 이어나갈 수 없었다.

「그이는 돌아올까요?」라는 시는 더 긴 설명이 필요 없다. 소중한 사람과 이별해야 할 때면 우리는 지구의 어디에 살든 슬프게 마련이다. 그런데 이 시와 관련 있는 주변 지식을 알게 되면 독자는 더 완전하게 이 시를 이해할 수 있을 것이다.

나는 남미 아마존 강 유역의 원시림에서 '투파리'라는 부족과 더불어 4개월간 머물 기회가 있었다. 그 기간이 지나, 우리 일행은 그곳을 떠나기로 결정했다. 우리를 초청한 사람들은 그동안 정말 친해져서 우리가 떠나는 걸 허락하지 않았다. 우리는 그들에게 떠나야만 하는 이유를 설명하였고, 마침내 그들은 수긍했다. 그들은 우리가 다시 꼭 돌아와야만 한다는 조건을 제시했고 우리는 동의했다.

우리가 가져가야 할 개인 짐이 서른 개나 되었다. 그 부족의 모든 성인남자가 23일간 우리 짐을 날라다 주었다. 마침 내 우리는 그들과 작별해야 하는 강까지 나왔다. 그곳에는 우리를 태워 갈 카누가 기다리고 있었다.

우리는 배로 떠나기에 앞서 그 부족의 '마을의 집'*에 잠시 들렀다. 그때 분위기는 장례식처럼 우울했다. 우리는 모두 슬픔에 잠겨 누군들 말할 분위기가 아니었다. 아바이토라는 이름의 족장은 우리 일행에게 발효시킨 옥수수술**을 일일이 따라주었다. 족장은 진흙으로 빚은 항아리에서 표주박으로 술을 퍼서, 우리가 가진 그릇에 자꾸 부어주었다. 그렇듯 완벽한 고요 속에서 족장은 술을 따르며, 마치 자기 자신을 달래기라도 하듯이, 즉흥적인 노래를 부르기 시작했다.

내가 옥수수술을 표주박에 부으면,
이 술은 소리 나는구나: 똑, 똑, 똑
이 술은 소리 나는구나: 똑, 똑, 똑

* maloko. 부족 또는 씨족의 공회당, 혹은 마을 회관.
** 빻은 옥수수로 발효시킨, 때로는 반쯤 발효시킨 음료수 또는 술.

어느 순간 그는 노래가 생각나지 않는 듯 잠시 말이 없더니, 이윽고 노래를 계속했다.

남자 친구가 저 멀리 떠나는구나.
언제 그이는 돌아올까?
언제 그이는 돌아올까?

주위는 완벽한 침묵에 잠겨 있었다. 분위기는 조금도 나아지지 않았다. 시간이 흐르자 다른 한 사람이 똑같은 노래를 반복해 불렀고, 또 다른 사람 열 명이 그와 함께 합창을 계속했다. 그러더니 어느 순간 일제히 입을 다물었다. 나이가 많은 사내들 중에 우리 일행과 가장 친하게 지내던 타키리리라는 친구가 있었다. 그가 나지막하게 노래를 이어갔다.

물은 강을 따라 흘러가면
돌아오지 않는 법
어이-어이-어이, 떠나가는구나,
이젠 돌아오지 않는다네.

여럿이 합창으로 타키리리가 노래한 부분을 되풀이했다. 다들 마치 이 노래를 기억하려는 듯이 그 노래 전부를 되풀이하여 불렀다. 그렇게 해서 우리는 그 목가적인 시의 원본이 만들어진 순간을 함께했다.

마지막으로 나는 어떤 비전(秘傳) 의식을 거행할 때 부르던 노래인 「진흙의 영령」을 어떻게 입수했나, 그 경위를 빼놓을 수 없다.

뉴기니 어느 산중의 아사로 부족을 방문할 일이 잦아졌다. 그것은 진흙으로 온몸을 장식하고 머리에도 진흙으로 만든 기괴한 대형 탈을 쓴 남자들이 자기네 공동체 일원으로 수행해야 하는 신비한 '진흙 영령들의 춤' 때문이었다. 아마 내가 그 부족에게 신임을 얻어 가능한 일이었겠지만, 나는 그들이 탈을 만들고 진흙을 찾는 일과 관련된 자기들의 터부가 내겐 미치지 않는다고 강조한 최초의 이방인이었다. 왜냐하면 내가 이미 그 부족이 하는 비전 의식을 따르기로 했기 때문이다.

한 시간 동안 활발한 토론을 거친 합의 결과가 통역사를 통해 짧은 피진어*로 통보되었다.

"올 엠 키심 유 롱 라인"(Ol em kisim ju long lajn: 우리는 당신을 우

리 부족의 일원으로 받아들입니다.)

그 부족 원주민들은 새 구성원이 된 나를 '신성한 구멍'으로 안내했다. 그곳은 우리가 함께 회색 진흙을 퍼내던 곳이었다. 우리는 밀림의 특정 장소에서 신성을 모독하는 눈길로부터 우리 자신을 숨겼다. 그곳에서 우리는 모두 괴상한 모양의 탈을 준비했다. 나도 다른 사람들의 것을 흉내 내어 탈을 만들었다.

그들이 춤출 때 필요한 진흙을 내 몸에 칠하려고 하자, 나는 환상에서 깨어났다. 나는 그들에게 말하기를 "함께 춤추는 대신, '제3의 눈'(영사기)을 통해 관찰하는 사람으로 남고 싶다"고 했다.

진흙 영령들을 위한 잊을 수 없는 춤의 장관이 끝나자, 그들 중 젊은 아티메라는 주민이 파인애플을 먹자며 나를 자신의 '둥근 마을의 집'으로 초대했다. 침대로 쓰는 대나무 평상 끝에 앉아 쉬는 동안, 나는 그 춤이 가지는 뜻을 물어보았다.

아티메는 자기 부족 사람들이 나를 부족의 일원으로 받아

---

* 주로 제국주의 시절, 영어나 네덜란드어 등의 유럽 언어가 원주민의 토착 언어와 결합되어 만들어진 아주 단순한 형태의 언어로 서로 다른 언어를 쓰는 사람들이 의사소통을 할 필요에 의해서 형성된다.(역자)

들인 사실만 가지고 부족의 전통적 터부를 말해도 되는지 쉽
게 판단할 수 없었다. 그는 집 밖으로 나가 나이 많은 이들과
의견을 나눈 뒤 아주 만족한 얼굴로 돌아왔다. 몇 분이 지나
자 함께 춤을 춘 열 명의 주민들이 아티메와 내가 있는 집에
들어왔다. 그들은 집 앞의 풀밭에 앉아 나지막이 중얼거리며
노래를 부르기 시작했다.

"올 파파 빌롱 파파 빌롱 미펠라 나 파파 빌롱 올(Ol papa
bilong papa bilong mipela na papa bilong ol)

이 스탑 신다운 라운 파이아 클로스투 리바 빌롱 유미(i
stap sindaun raun paia klostu riva bilong jumi)

나 쿠킴 피스 나 얌.(na kukim pis na jam.)

나 문 스탑 이 라이트 안탑 바라(Na mun stap i lajt antap vara)

롱 블락펠라 나이트.(long blakpela najt.)

노래는 이런 뜻이었다.

우리 아버지들의 아버지와 그분들의 아버지는
우리의 강가에 불을 피우고 앉아

물고기도 굽고, 마도 구워 먹었네.

불빛은 까만 밤의 강을 밝혔네.

그들이 노래의 마지막 연을 끝냈을 때 침묵이 시작되었다. 그동안 하늘에는 구름이 모여들었고, 작은 빗방울들이 체에서 빠져나오듯 내리는가 싶더니 이내 진짜 소나기가 내리기 시작했다. 그러나 내 친구들은 '마을의 집' 앞에 꼼짝 않고 앉아 있었다. 그들은 이미 소진한 의식의 후렴을 되새김질하듯 중얼거렸고, 진흙으로 빚은 그들의 외투가 빗물에 완전히 씻겨나가도 그대로 앉아 있었다.

그 순간까지도 나는 방금 내가 진흙 영혼들의 부족 일원으로 참여했던 그 의식을 마쳤다는 사실을 완전히 깨닫지는 못했다.

* * *

물론 모든 시나 노래마다 그것이 생긴 연유나 수집자에게 알려지게 된 과정을 덧붙여 설명하거나, 시와 연관된 풍속, 역사적 사건, 신화를 설명한다는 것은 불가능하다. 그런 설명을 덧대면 이 책은 시집의 모습을 잃어버리고 대신 방대한 민족학-지리학-사회학 연구서가 되어 버릴 것이다. 또 시마다 그 시가 만들어진 경위나 연유를 덧붙이는 게 그 시를 운문으로서 또 미학적으로 이해하는 데 꼭 필요한 일인지도 잘 모르겠다. 사실에 대한 그런 정보가 오히려 그 시에 숨어 있는 감동을 드러내지 못하게 하지나 않을까?

우리가 사는 이 세상의 풍부한 구전문학 속에서, 즉흥적인 느낌이든 세대에서 세대로 언제나 변형 없이 구전되는 정형화된 문구이든, 우리는 이 시들이 입으로 표현되는 방대하고 아주 다양한 동기를 엿볼 수 있다.

수많은 구전문학 작품에는 동굴 속 암각화처럼 주술적 요소가 존재한다. 그래서 직접 간청하는 형식이든 드러내지 않은 채 간청하는 형식이든, 영혼들이 함께한다는 것을 느끼게 해준다. 예컨대 「낙타와 낙타를 끌고 가는 상인의 대화」라는 시에서는 낙타 상인이 자기 낙타에게 '초능력'이 생기길 바라는, 그런 주술적 요소들에 의지하고 있다는 사실을 알 수 있다.

오, 이 여자 친구 같은 녀석아,

회교국의 용사 중에서 네가 가장 용감하지.

용사들은 사막을 횡단하다 죽을 수도 있고

가장 빠르고 가장 영리한 아랍의 말이라 해도

사막에 들어서면, 곧 죽음이지.

오직 너만이 저항할 수 있고, 참을성이 있지:

일천 개의 사막을 지날 수 있지.

어느 때보다 지금 너는 가장 힘이 세구나.

우-우-흐…우-우-흐…우-우-흐…이히야이!

그러나 주술이 구전문학의 일반적 특성이라고 강조하는 것은 과장처럼 보인다. 반대로 나는 구전문학에는 의식적이든 무의식적이든 공리주의적 성분이 들어 있지 않은, 수많은 서정주의적 진정성이 더 녹아 있다고 믿고 싶다. 이는 예문을 일일이 언급하는 게 불필요할 정도로 이미 수집된 많은 시에서 분명히 드러난다.

구전문학의 저자들은 이름이 알려지는 일이 드물다. 누군가 맨 먼저 어느 시를 말하면, 그 뒤 원주민들이 그것을 자기 것으로 만들고, 그 뒤에 뭔가 조금 보태거나 바꾸기도 하고, 일부를 빼기도 한다. 그런 시가 처음 생겨나 전승되는 과정은 유럽인들에게도 전혀 낯설지 않다.

한 원주민이 그 시를 자신의 것으로 만들어 표현하고 나면, 그는 그 시의 최초의 지은이와 일체감을 느낀다. 이를 통해 자기가 공동체에 운명적으로 연관되어 있음을 인식하게 되고, 공동체 안에서도 서로 연결되어 있다는 소속감을 갖게 된다.

입말로 된 시는 자주 음악을 동반한다. 아니면 적어도 일정한 운율(리듬)과 연결되어 있다. 시는 그런 음악적, 운율적 단위들을 반복함으로써 여러 시 구절들을 구성한다. 그런 구성은 일상의 삶에서 비롯한 전설이나 사건을 알리는 과정을 주제로 말할 때에도 거의 규칙적으로 나타난다.

반대로, 유럽 바깥 원주민들의 구전문학에서는 운율은 대체로 자유로웠다. 또한 반드시 여러 구절로 나뉘어야 하는 것은 아니었다. 그러나 번역에서는 그 구절이 나뉘는 현상이 나타난다. 여기서는 일종의 동일성이 필요로 하는 논리의 사고 단위에 따라 구절을 나누었다.

구전문학에서는 특정 낱말이나 시 구절, 또는 일정 부분을 강조할 경우에는 흔히 그런 낱말이나 구절을 되풀이하여 표현한다. 가령 시구의 일부분만 바꾼 채 전체 절을 되풀이하기도 하고, 또 더 긴 시에서는 모든 절에서 일정 부분을 반복하기도 한다.

생각을 확정하고 소통하는 도구인 문자가 없는 환경에서는 어떤 낱말이나 문장을 반복하는 것이 그것들의 중요성을 강조하는 방법인데, 그렇게 함으로써 공동체의 수많은 구성원들이나 후세대들에게 더욱 쉽게 소통되도록 만든다.

춤이나 음악이 따르는 노래나 시 낭송은 지식의 전달과 생각의 소통을 뜻한다. 그 때문에 구전문학의 형태로 시와 전설을 전달하는 이는 높이 존중받는다. 그러나 공동체의 선대로부터 내려온 신화를 전달하는 중차대한 경우에는 주술 능력을 가진 종교 지도자나 전통의 전수자만이 그 권한을 가진다.

공개적으로 불리던 노래들은 전체 부족이나 씨족의 자산이다. 나는 그 노래들 중 몇 편을 스스로 배워, 그것을 사용하는 예식에 참석해 한번 사용해 보기도 했다. 그때 나는 해당 노래를 번역하는 게 그들의 문화에 궁극적으로 이바지한다고 보지는 않았다. 그보다는 그런 주술시의 세계에 직접 참여해 보는 것 자체로 더 큰 만족감을 느꼈다. 그러나 시간이 지남에 따라 나는 내가 수집한 것 중 일부라도 한 곳에 모아

두고 싶다는 생각이 점점 커졌다.

　나는 내가 수집하여 노트에 기록해둔 것이나 기억 속에 남겨둔 모든 시들을 이 책에 다 집어넣을 수 없다는 걸 알게 되었다. 나아가 다른 사람들이 언급한 시들을 함께 담는 것도 필요하겠다는 생각이 들었다.

　우선 나는 이 시집에 시 자체만으로도 그것이 나오게 된 배경과는 무관하게 독자들이 뜻을 음미할 수 있는 것만 담아보기로 했다. 이렇게 하는 의도가 수천 킬로미터 떨어져 다른 생활 조건에서 사는 사람들이 우리와 다르다는 점을 보여주는 데 있지 않다는 것을 알아주기 바란다.

　나의 의도는 이와는 전혀 다른 데 있다. 지구상 서로 다른 곳에 사는 사람들 사이에-원시림에 살든지, 사막에 살든지, 산속에 살든지, 바다에 살든지, 저 영원의 얼음 위에 살든지 간에-얼마나 많은 유사성이 있는가를 보여주고 싶은 것이 나의 진정한 의도였다.

　이런 노력은 주제에 따라 시를 분류할 때와 마찬가지로 소재 선택에도 결정적으로 작용했다. 우리는 이 한정된 편수의 시들을 통해서도, 공동체라면 어디서나 새로 태어난 아이의 미래를 걱정하고, 청춘남녀들의 사랑에 대한 시라면 어떤 언어로 또 어떤 방식으로 표현하든지 상관없이 당사자들을 저마다 열정적으로 만들며, 나아가 지적 진보의 수준이 한 단계 높은 곳에서도 초자연적인 힘에 대한 믿음이 두루 지배하고 있다는 사실을 분명히 엿볼 수 있다. 또한 투쟁심과 자유에 대한 열망과 기쁨과 슬픔은, 죽음에 대한 두려움과 마찬가지로, 모든 인종과 인류의 생활조건에 공통된다는 사실을 분명히 알게 되었다.

이 시집에는 다른 수집가들이 이미 채록해 놓은 것을 포함시켰는데, 다만 어느 문학선집이나 전집에 이미 수록된 것은 의도적으로 배제했다. 대신, 나는 타인의 기행문이나 학술 논문에서 시들을 찾았는데, 출판년도가 언제인지, 그 언어가 무엇인지 가리지는 않았다. 나는 모두 24개 언어에서 그것들을 찾아냈다.

이 시들을 찾아 번역하면서 나는 가능한 한 원작이 가지는 신선함이나 특성을 살리겠다는 원칙을 세웠으며, 더 나은 이해를 위해서 필요하다고 생각되는 경우에만 최소한으로 손을 보았다.[*]

이 시집을 준비하는 동안, 내겐 저 먼 지역에서 함께 시간을 보낸, 그리고 탐험 중에 만났다가 또 다른 새로운 탐험들로 인해 잊고 지낸 수많은 벗들의 얼굴이 다시 떠올랐다. 그들에게 이 시집을 바친다. 이 시집은 그들의 창조능력을 입증한 것이다.

끝으로, 나는 그들이 내게 더 많이 보여주려고 했던 아름다운 장면과 순간들에 감사한다. 저 원시림의 고요한 밤의 불가에서, 또는 갓난아이가 첫 울음을 터뜨렸을 때, 또는 정령들을 위한 의식에서 춤이 끝났을 때 내게 보여준 그들의 배려에 감사한다. 원시적이고 마술과 같았던 생활을 함께 나눌 수 있어 고마웠다는 말을 새삼 전한다.

1979년 8월 수보티차에서

티보르 세켈리

---

* 이하 작가는 국제어인 에스페란토로 이 시집을 번역하는 목적을 길게 설명하는데, 여기서는 생략한다.

옮긴이의 말

여행가, 작가, 언론인, 기자 등 다양한 직업을 가졌던 이 책의 엮은이 티보르 세켈리는 평생 세계의 오지를 누비면서 만난 여러 민족의 구성원들이 하던 말을 채록해 우리에게 생생한 느낌 그대로 전해준다.

어떻게 이런 형태의 시집이 가능했을까.

번역을 끝내고도 역자인 나로서도 여전히 불가해한 인상을 지울 수 없을 만큼 이 시집의 존재는 독특하다. 어렸을 때부터 집 안에 굴러다니던 『세계 명시선』이라는 제목의 시집에는 없던 것들이 잔뜩 들어있기 때문이다. 우선 시인들의 이름이 없다. 따라서 워즈워스, T. S. 엘리엇, 보들레르, 기욤 아폴리네르, 하인리히 하이네, 푸시킨, 네루다, 도연명, 이시카와 다쿠보쿠 따위 이름이 주던 친숙함도 없고, 그런 만큼 약간은 뻔한 상투성이 주던 지겨움도 없다. 대신 이 시집에는 왕성한 활력과 호기심, 무엇보다도 끈끈한 인류애가 풍성하다. 말 그대로 이 시집은 엮은이의 놀라운 활력과 호기심,

그리고 인류애가 아니었다면 처음부터 불가능했을 것이다. 언어에 대한 선천적인 능력도 그런 것들에 비하면 부차적이라고 해야 한다. 그리하여 우리는 우리가 흔히 '원시의 대륙'이라고 부르던 지역에서 어떤 일들이 벌어졌는지 좀 더 많이 이해할 수 있게 되었다. 가령 윗니가 두 개 생겼으니 불길한 징조라며 아이를 살해해야 한다는 풍습에 저항하는 어머니의 애틋한 모정을 읽을 수 있고, 마을의 최고 미인을 사랑하는 총각이 하필이면 그게 무당의 딸이어서 겪는 한탄도 읽을 수 있게 되었다. 하지만 무엇보다 중요한 것은 이 시집이 20세기 초 인류학이 흔히 저질렀던 잘못, 즉 자신들이 '발견'한 '부족'들을 관찰하고 분류하고 자기들의 입맛대로 해석하려 했던 오류들을 되풀이하고 있지 않다는 점이다. 물론 엮은이는 유럽인으로서 또 문명인으로서 지니는 편견으로부터 완전히 자유롭지는 못하다. 그가 '문명'을 일정한 '발전단계'에 따라 수직적으로 구분하는 것은 분명하다. 그렇더라도 엮은이는 이 시집이, 완벽하지는 않더라도, 자기가 만났던 사람들을 은연중 타자화하는, 모르긴 몰라도 당대에 널리 퍼졌을 일종의 이국취미로 머무는 것을 경계했음이 분명하다.

엮은이는 자신이 태어난 곳의 언어인 헝가리어, 크로아티

아어는 물론이거니와 영어, 독일어, 불어, 스페인어 등에 능통했는데, 국제간 소통의 도구로서 특히 에스페란토를 즐겨 활용했다. 이 시집의 텍스트는 『Elpafu la sagon』(세계 에스페란토협회, 1983년, 로테르담)으로 이 역시 에스페란토로 쓰였다. 1887년 폴란드의 자멘호프(L. L. Zamenhof, 1859~1917) 박사가 창안한 국제어 에스페란토는 '한 민족 두 언어주의'(내 나라에서는 국어를 쓰고, 국제적으로는 에스페란토를 사용하자)와 '중립주의' 라는 기치를 내걸고 국제간 문화교류의 길을 연 바 있다. 우리나라에도 일찍이 에스페란토에 관심을 가진 시인들이 여럿 있었다. 시인 김억은 문예 동인지 『폐허』(1920년 7월 발간)에서, 『님의 침묵』의 저자 한용운은 시 「타고르의 시 'Gardenisto'를 읽고」에서 각기 에스페란토에 대한 관심을 표명했고 「향수」의 시인 정지용은 1927년 자신의 시 「이른 봄 아침」에서 "내가 하는 에스페란토는 휘파람이라" 라고 쓴 바 있다.

나 역시 그들 못지않게 국제어로서 에스페란토에 애정을 갖고 있는데, 이 글을 쓰는 도중, 때마침 에스페란티스토들의 문화교류의 장인 제102차 세계 에스페란토 대회가 2017년 7월 대한민국 서울에서 열린다는 반가운 소식을 들었다. 우리에게는 여전히 낯선 에스페란토 시집을 번역한 보람을 새삼 느낀다.

시집을 독자에게 선보이기 전에, 다시 한 번 한 페이지 한 페이지를 넘겨본다. 비록 이 시를 남긴 그 나라, 그 민족, 그 부족, 그 가족에게 가보지는 못해도, 그들이 꾸려갔을 삶, 그 기쁨과 슬픔, 사랑과 이별, 절망과 희망의 변주곡이 내 귀에 생생하게 들리고, 그들이 춘 군무가 눈앞에 생생하게 펼쳐지는 듯하다. 역자로서 나는 이 시집의 엮은이 못지않게 그들의 삶을 존중하고 그들의 시를 사랑한다는 사실을 고백하고 싶다.

번역 활동을 격려하고 지원해주는 가족과 벗들에 대한 고마움은 한 마디 감사의 글로 표현할 수 없을 것이다. 이 시집을 『실천세계시선』의 첫 번째 작품으로 채택한 실천문학사에도 감사의 말씀을 드린다.

끝으로 이 시집이 진정한 의미에서 세계화란 무엇인지 생각하게 하는, 나아가 물질문명에 지친 우리로 하여금 새삼 자신을 되돌아보게 하는 한 계기가 되었으면 더 바랄 나위가 없겠다.

2015년 여름

장정렬

LISTO DE UZITA LITERATURO

Adamson Hoeble E: MAN IN THE PRIMITIVE WORLD, Mc Grow-Hill Book Company, Inc., New York-London-Toronto-1958.

Berndt M. Ronald and Phillips E.S.: THE AUSTRALIAN ABORIGINAL HERITAGE, Australian Society for Education through the Art in Association with Ure Smith, Sydney-1973.

Bühalmann Walbert: AFRIKA GESTERN, HEUTE, MORGEN, Herder Bücherei, Freiberg im Breisgau-1960.

Damm Hans: KANAKA, A DELI TENGER NEPEI, Gondolat, Budapest-1961.

Hill Witt Shirley : THE WAY, Vintage books, Random House, Inc., New York-1972.

Italiander Rolf: LAND DER KONTRASTE, Goldmans

Gelbe Tashenbücher, Hamburg-1959.

Jan V.: DŽINGIS KAN, Prosveta, Beograd-1963.

Kalervo Oberg: INDIAN TRIBES OF NORTHERN MATTO GROSSO, BRAZIL, Unaited States Govern-ment Printing Office, Washington-1953.

Key E. Charles: AS GRANDES EXPEDI ÇÕES SCIENTIFI -CAS NO SECURO XX., Companhia Editora Nacional, São Paulo-1940.

Laurence Margaret: A TREE FOR POVERTY, The Eagle Press, Nairobi-Kampala-Dar Es Sallam-1954.

Linton E. Kenneth: KANAKO EL KANANAM, The Esperanto Publishing Co., Ltd., Rickmansworth-1960.

Mariott Alice: AMERICAN INDIAN MYTHOLOGY, NEW American Library, New York-1972.

Mead Margaret: GROWING UP IN NEW GUINEA, Penguin Books , Coy and Wyman Ltd., London-1963.

Miège J.L: LE MAROC, B. Arthaud, Paris-Grenoble-1952.

Ostrovskij V.: TANOANA, Gosudarstvenoe Izdatelstvo Detskoi literaturi, Moskva-1962.

Rutherfoord Peggy: AFRICAN VOICES, The Universal Library, New York-1958.

Sambene Ousmans: O PAYS, MON BEAU PEUPLE, Amiot Dumont, Paris-1957.

Taylor B. Eduard: PERVOBITNAJA KULTURA, Znanie, S. Petersburg-1873.

Urban Ernö: A SZAHARA SZIVE, Gondolat, Budapest-1969.

Van der Post Laurens: VENTURE TO THE INTERRIO, The Reprint Society, London-1953.

Vergnaud François: SAHARA, Editions du Seuil, "Petit Planète". Paris-1960.

실천세계시선을 펴내며

　1981년 실천문학사는 첫 번째 시집으로 『팔레스티나 민족시집』을 펴냈다. 『아프리카 민요시집』과 『폴란드 민족시집』이 뒤를 이었다. 5월의 저 끔찍했던 학살이 침묵을 강요하던 시절, 이 특이한 번역 시집들은 입이 있어도 말을 할 수 없었던 당대의 상황에 대한 은유 이상이었다. 팔레스타인의 시인 마흐무드 다르위시는 육체가 봉쇄된 조국에서 이렇게 썼다.

　그녀의 말, 그녀의 침묵
　그녀의 목소리
　그녀의 생과 사 역시 팔레스티나의 것

　이제 긴 세월이 지나 다시 『실천세계시선』 시리즈를 선보이면서 새삼 초심을 기억하고자 한다. 그렇다. 시는 인류의 보편적 심성을 노래하는 천상의 허밍인 동시에, 그것이 훌륭하면 할수록 정확히 모어(母語)의 결정체임을 확인한다. 그것은 당연히 민족문화의 소산이지만, 근대 민족주의가 제멋대로 획정한 국경을 자유롭게 뛰어넘고 가로지른다. 표준어 또한 유일한 언어가 아니며, 지역과 계급 또한 모어에 지분이 있다. 『실천세계시선』이 기왕의 익숙한 범주를 뛰어넘어 다양한 모어들의 축제를 선보이고자 하는 것도 이 때문이다. 우리의 노력이 중심과 주변의 고루한 관계에도 의미 있는 균열을 불러일으키리라 기대한다.

■ 실천세계시선 1

세계민족시집

2015년 8월 10일 1판 1쇄 찍음
2015년 8월 17일 1판 1쇄 펴냄

엮은이 티보르 세켈리
옮긴이 장정렬
펴낸이 김남일
편집 이호석, 박성아, 이승한
디자인 김현주
관리·영업 김태일, 채경민
펴낸곳 (주)실천문학
등록 10-1221호(1995.10.26)
주소 서울특별시 마포구 월드컵로10길 48 501호(서교동, 동궁빌딩)
전화 02322-2161~5
팩스 322-2166
홈페이지 www.silcheon.com

ⓒ 티보르 세켈리, 2015

ISBN 978-89-392-0735-6 03890

이 도서의 국립중앙도서관 출판시도서목록(CIP)은 e-CIP홈페이지(http://www.nl.go.kr/ecip)와
국가자료공동목록시스템(http://www.nl.go.kr/kolisnet)에서 이용하실 수 있습니다.
(CIP제어번호:CIP2015020857)